오해가 없는 완벽한 세상

최정화 짧은 소설
최환욱 그림

마음산책

최정화

1979년 인천에서 태어났다. 2012년 창비신인소설상으로 등단했다. 소설집 『지극히 내성적인』 『모든 것을 제자리에』, 경장편소설 『메모리 익스체인지』, 장편소설 『없는 사람』 『흰 도시 이야기』, 산문집 『책상 생활자의 요가』 『나는 트렁크 팬티를 입는다』 등을 썼다. 2016년 젊은작가상을 수상했다.

오해가 없는
완벽한 세상

1판 1쇄 인쇄 2021년 9월 10일
1판 1쇄 발행 2021년 9월 15일

지은이 | 최정화
그린이 | 최환욱
펴낸이 | 정은숙
펴낸곳 | 마음산책

편집 | 권한라 · 성혜현 · 김수경 · 이복규   디자인 | 최정윤 · 오세라
마케팅 | 권혁준 · 권지원 · 김은비   경영지원 | 박지혜

등록 | 2000년 7월 28일(제13-653호)
주소 | (우 04043) 서울시 마포구 잔다리로 3안길 20
전화 | 대표 362-1452 편집 362-1451   팩스 | 362-1455
홈페이지 | www.maumsan.com
블로그 | blog.naver.com/maumsanchaek
트위터 | twitter.com/maumsanchaek
페이스북 | facebook.com/maumsan
인스타그램 | instagram.com/maumsanchaek
전자우편 | maum@maumsan.com

ISBN 978-89-6090-693-8 03810

* 책값은 뒤표지에 있습니다.

때로는 의도적인 무관심이
상대를 가장 잘 이해해주는 방식일 수 있으니까.

　다른 종에 대한 애정이 간혹 더 넘치는 내게, 소설 쓰기는 인간에 대한 시선의 균형을 놓치지 않도록 붙잡아주고 있다. 소설들을 묶으면서 어떤 시기를 지나온 데에 대한 안도감을 느낀다. 각 소설마다 연결되어 있는 사람과 사연들을 떠올리면서 그들이 어디에선가 건강하고 무사하기를 빌었다.

　원고를 세심히 살피고 조언해주신 성혜현 팀장님께 감사드린다. 정은숙 사장님은 삽화를 직접 그리겠다는 나의 만용을 깔끔하게 누그러뜨려주셨다. 최환욱 화가가 그려주신 삽화가 마음에 들었던 건 그림들에 모조리 눈이 없었기 때문이다. 그

시기에는 어떤 이유에서인지 나를 향한 눈들을 볼 수 없었는데 모처럼 마음 놓고 매 장면을 충분히 바라볼 수 있었다. 바쁜 일정에도 기꺼이 시간을 내어주고 정성 들여 사진을 찍어준 강소영에게 고맙다. 소설을 쓰는 동안 가만히 내 등을 지켜봐주는 고양이 먼지에게도 감사를 전한다.

마음의 작용으로 인해 일어나는 다양한 에피소드들을 담았다. 마음의 해부도를 그리는 동안 10년의 세월이 흘렀다. 여기는 오해가 없는 완벽한 세상. 자신의 생각과 마음을 전적으로 믿어버린 인물들의 비극이 펼쳐진다. 초현실주의 그림을 감상할 때처럼 이야기에 빠져들지 말고 숨어 있는 오류와 모순을 명쾌하게 찾아낼 수 있기를 바란다.

소설 속에 두 사람의 실존 인물이 등장하는데 누군지 맞혀보는 재미가 있을 것 같다. 이 소설집이 읽는 이들에게 먹기 힘든 날도 소화할 수 있는 양념 같은 친구가 되어준다면 좋겠다.

2021년 가을

최정화

차례

모든 것들이 너무 가까이에 있다

당신은 그런 적이 없습니까?

17번 테이블

아내를 만난 건 결혼정보회사를 통해서였습니다. 저는 전에 한 번 이혼을 한 적이 있었고 아내는 초혼이었죠. 나이가 저보다 일곱 살이나 어린 데다가, 곱고 참한 사람이어서 주변에서는 저더러 횡재했다고 했어요. 전에 남자를 사귀어본 적이 없었다고 하는데 정말 그런 것 같았어요. 여고를 졸업하고 부모님과 함께 살면서 집 근처에 있는 작은 세무 사무소에서 사무보조 일을 했는데 그 회사에 10년이나 다녔더라고요. 성실한 사람 같았습니다. 말이 너무 없다 싶은 것을 빼면 전 딱히 불만이 없었어요. 여간해서는 입을 열지 않는 데다가 표정에도 변화랄 것이 없어서 무슨 생각을 하는지 모르겠다 답답할 때가 있었지만 어디 세상에 모든 게 내 맘에 딱 들 수야 있나요. 말이 없는 것을 가지고 탓한 적은 없었고 오히려 그럴수록 제가 더 노력을 해야겠다고 생각했습니다. 재미있는 일이 있으면 기억해뒀다가 들려주고, 단둘이 있을 때는 제 쪽에서 적극적으로 말을 걸어서 대화가 끊기는 일이 없도록 신경을 썼지요. 외롭게 혼자 가게를 꾸려가며 일이 끝난 뒤에 가게에 혼자 남아 술을 마시는 게 유일한 낙이었던 시절을 생각하면 다시 가정을 꾸리고 새 출발을 하게 된 것이 믿기지 않을 만큼 만족스러웠습니다.

그날은 아마 신혼 생활을 시작한 지 6개월하고도 보름쯤 더 지났을 즈음일 겁니다. 거래처를 변경하게 되는 바람에 장부를 검토하고 총정리해서 정산서를 작성하느라 아내는 먼저 들여보내고 저 혼자 가게에 남았습니다. 그리고 보니 혼자 가게를 지키는 것이 결혼한 후 처음이더리고요. 두 시간 정도 집중해서 일을 서둘러 해치우고 가게를 나서다가 간만에 호젓한 기분을 즐기는 것도 나쁘지 않겠다 싶어 냉장고에서 소주를 꺼내 다시 자리에 앉았습니다. 술에 취해서 현관문을 연 것까지는 기억하고 있는데 그다음 일은 깜깜이었어요. 아내의 말에 따르면 잠든 아내를 깨워놓고는 누구세요, 누구세요, 당신이 누군데 내 집에 들어와 있습니까, 라고 물었다고요. 아내가 아무리 '내가 당신의 아내'라고 대답해도 그 말에는 들은 척도 하지 않고, 누구세요, 누구세요, 끈덕지게 반복해서 물어보더라고 했습니다. 아내는 그런 우스운 일은 처음이라는 듯 킥킥거리며 그 이야길 해주었지만 나는 재미를 느끼지 못했고 어쩐지 시무룩해지고 말았습니다. 다시는 술을 마시지 않는 게 좋겠다는 생각이 들었어요.

그러고 나서 일주일인가 뒤였을 겁니다. 마지막 손님이 나갔고 아내는 퇴근 준비를 마친 뒤에 언제나처럼 카운터에 다리를 꼬고 앉아 비즈목걸이를 만들고 있었어요. 나는 일주일 전에 느낀 그 호젓한 기분이 살짝 그리워지며 한 병 정도는 괜찮을 거라는 생각을 했어요. 아내를 먼저 들여보내고, 셔터를 내리고, 홀짝이며 잔을 비우던 중 나는 전에 없이 심장이 빠르게 뛰며 숨을 가쁘게 쉬고 있는 자신을 발견했습니다. 겨우 두 잔을 비웠을 뿐인데 건강에 이상이 온 건가 생각하며 테이블을 내려다보다가, 제가 앉아 있는 자리가 17번 테이블이라는 걸 알게 되었고요. 나는 아주 이상한 기분이 들었습니다.

이혼을 했다는 걸 말씀드렸지요? 사실 전처는 매일 우리 가게에서 저녁을 먹고 가던 단골손님과 바람이 나버렸습니다. 그 손님은 나보다 나이가 두셋 정도 위로 미혼이었고 우리 가게에서 멀지 않은 곳에 혼자 살고 있어서, 저녁을 먹고 나서 소주를 한 병 정도 비우고 갔어요. 손님이 별로 없는 날에는 아내와 내가 함께 앉아 얘기를 나누곤 했는데, 저는 아내와 그 손님 사이에서 어떤 이상한 기미도 발견하지 못했기 때문에 전혀 경계를 하지 않았고, 심지어는 우리 집에 초대한 일도 있었지요. 그 사람은 여자에게 전혀 관심이 없는 듯 보였고 뭔가 세상사에 초연한 식물성의 얼굴을 하고 있어서, 저희 집에 초대를 할 때도 심지어 거실 문갑 위에 돈을 그대로 놓아둘 정도로, 전혀 조심스러워했던 부분이 없었습니다. 손님이 돌아가고 나서야, 그러고 보니 돈을 치우지 않았구나 뒤늦게 깨닫고는 그 점에 대해서 아내와 대화를 나누었던 기억이 나요. 그땐 내가 잃어버리게 될 것이 돈이 아니라 아내가 될 거라고는 전혀 상상하지 못했지요. 느지막이 저녁을 먹으러 오는 날에는 셋이 함께 가게 문을 닫고 아내를 먼저 집에 들여보낸 뒤 근처 술집에서 새벽까지 술을 마시기도 할 정도로 허물없이 지내던 사이니까요.

그 손님이 늘 앉던 자리가 바로 17번 테이블이었어요. 늘 거기 앉아 저녁을 먹었기 때문에 그가 올 시간이 되면 으레 자리를 비워두고, 예약된 테이블이라며 다른 손님을 받지 않았습니다.

자연스럽게 찾아 앉은 곳이 그 손님의 자리라는 걸 알고 나자 처음 아내의 외도 사실을 알았을 때처럼 몸에 힘이 쭉 빠지며 손이 떨리기 시작했습니다. 나는 남은 술을 입안에 털어 넣고 냉장고에서 소주 두 병을 더 꺼내왔어요. 당시에 있었던 여러 가지 일들이 폭죽 터지듯 사방에서 튀어나왔습니다. 아내를 맞은 후 전처에 대한 감정은 완전히 사라져버렸다고 생각했는데 과거에 느꼈던 감정이 고스란히 되살아나는 게 아니겠습니까. 벗인 듯 굴어놓고 내 뒤통수를 치고 달아난 그 손님과 감쪽같이 나를 속인 전처에 대한 증오와 복수심이 꾸역꾸역 물밀

듯 들어와 온몸을 잠식하기 시작하더니 나는 마치 6년 전으로 돌아간 것처럼 씩씩거리며 점점 더 빨리 술잔을 비우기 시작했습니다. 당시에 느꼈던 감정이 마치 판박이처럼 순식간에 들러붙어버려서 뿌리칠 새도 없이 꼼짝없이 그 마음에 붙들려버리고 말았습니다. 덜덜 손을 떨면서 술잔을 비우다가, 더 이상 마셨다가는 내가 무슨 일을 저지를지 모르겠다는 두려운 마음에 도망치듯이 가게를 나왔습니다. 아마 누가 나를 봤다면 뭐에 쫓기는 줄 알았을 겁니다.

다음 날부터는 꼭 아내와 함께 퇴근하겠다, 다시는 가게에 혼자 남아 술을 마시지 말아야겠다고 결심했지만 그다음 날에도 저는 무슨 생각에서인지 아내를 먼저 들여보냈습니다. 낮에는 절대 그러고 싶지 않다고 생각했지만 가게 문을 닫을 시간이 되자 혼자 남을 궁리만 하고 있는 겁니다. 좀 전까지의 결심은 깡그리 잊은 채 아내에게 저녁에 거래처 사장님과 약속이 있다고 거짓말로 둘러대고는, 나 스스로도 정체를 알 수 없는 흥을 느끼며 셔터를 내리고 술상을 차려 17번 테이블에 앉았습니다.

전날과 같은 흥분과 격정 속에서 소주 두 병을 비우고 마치 어떤 의식을 치르고 났을 때처럼 충만감을 느끼며 집으로 돌아갔습니다. 그다음 날 아침을 먹으면서 아내에게 어젯밤에 혹 실수한 것이 없었냐고 물으니 아내는 아무 일도 없었다며 묵묵히 밥을 우물거릴 뿐이었습니다. 아내가 밥을 삼키는 모습을 멍하니 바라보다가 아내와 눈이 마주쳤는데, 나도 모르게 아내의 눈을 피했습니다. 아내의 얼굴 위로 수채 물감처럼 붉은 빛깔이 번졌습니다.

그다음 주에도 한 번, 그리고 그다음 주는 쉬고 그다음 주에는 두 번, 이런 식으로 다시 술을 마시기 시작했습니다. 아내는 별말이 없었어요. 불만이 있는데 애써 참는 것이 아니라 내가 먼저 들어가라고 하든, 같이 들어가든 별다른 느낌도 없는 것 같았습니다. 아내의 성격이 의문스러워지기 시작했습니다. 그러니까 아내는 그저 아내 역할을 충실히 할 뿐 뭔가 사람 같지 않은 구석이 있다는 생각이 들었어요. 전에는 장점으로 여겼던, 10년 동안 장기근속을 한 일도 남들이야 어찌 됐든 신경 쓰지 않고 이래도 흥 저래도 흥, 하는 이런 식이었을까 싶었습니다. 좀 더 나은 처우나 직종을 찾아보려는 시도를 한 일이 없이 처음 정해진 회사를 10년간 다녔던 것과 마찬가지로 나와의 결혼 생활에 대해서도 그저 아무 생각이 없는 것 아닐까. 이런 말도 안 되는 이유를 대며 아내를 탐탁지 않게 여기게 되었고 아마 아내도 나의 이런 마음을 모르지는 않았을 겁니다. 우리 사이는 점차 소원해지기 시작했고 술에 취해 집에 들어가면 아내는 방에 불을 끄고 이미 잠들어 있었어요. 아내의 표정은 평온하기 그지없어서 나는 그 얼굴을 보면서, 감옥에 스스로를 다시 가두려는 나도 그렇지만 이 여자의 인생 또한 딱하다는 생각을 하면서 불을 켜고 아내의 얼굴이 낯설어질 때까지 들여다보다가 잠이 들었습니다. 이 여자도 불쌍하고 나도 불쌍하다, 하지만 나란 놈의 불쌍함은 스스로가 자초한 일이니 이 여자만 불쌍해하기로 하자, 라고 중얼거리면서 곯아떨어졌습니다. 그러다 아내가 측은하게 여겨지는 날에는 술을 삼가고 함께 퇴근하기도 하고, 퇴근길에는 야식으로 아내가 좋아하는 잔치국수를 사 먹고 근처 하천에서 밤 꽃구경도 하다 들어가보기도 했으나 정신을 차려보면 다시 셔터를 내리고 급히 술

잔을 비우고 있었습니다. 의식적으로 노력을 하지 않으면 어느새 17번 테이블로 돌아와 앉아 있는 나 자신에게, 스스로도 두 손 두 발을 다 들고 항복하고 말았지요.

어느덧 습관이 되어 이제는 아내도 내게 무슨 일이 있는지 묻지 않고, 나도 늦게 들어가는 이유를 설명하지 않은 채, 아내가 먼저 퇴근을 하고 나는 가게에 혼자 남아 술을 마시는 것이 당연한 수순처럼 되어버리고 말았어요. 원체 말이 없는 아내는 점점 더 입을 열 일이 없어지고, 나는 나대로 그런 아내의 성격이 더 이상 예쁘게만 보이지는 않더군요. 사실 아내가 그러는 이유는 순전히 나 때문이라는 걸, 관계의 회복은 완전히 나에게 달려 있다는 걸 알면서도 이상하게 그게 포기가 안 되는 겁니다. 17번 테이블을 지키고 앉아 술을 마시며 과거를 반추하는 일, 곱씹고 되뇌고 기억하지 못하던 다른 부분을 캐내고 끄집어내는 일, 그래서 완전한 퍼즐을 맞추는 그 일을 도저히 그만둘 수 없더라, 그 말이지요.

그렇게 17번 테이블에 앉아 술을 마실 때면 낮에 있었던 일들이 모두 하잘것없는 연기에 불과하다고 느꼈어요. 모든 일이

덧없었습니다. 내 속에는 구정물이 그득하게 들어 있는데 그럴 듯한 치장으로 더러운 것을 겨우 가리고 있는 껍데기라고 느껴졌어요. 나는 그 테이블에 앉아 아내와 헤어질 작정을 했습니다. 지금이라도 아내가 다른 사람을 만날 수 있도록, 더 이상 질질 끌 것 없이 되도록이면 빨리 결정을 하는 게 옳지 않은가, 그쪽이 아내에게도 나에게도 나은 일이겠다, 라는 결론을 내렸던 겁니다. 나는 그날 저녁에 아내에게 내 생각을 말했고, 잠자코 듣던 아내는 예상하고 있었다는 듯 고개를 끄덕였습니다. 아내는 지금은 시간이 너무 늦어서요, 라고 담담한 어조로 말했고 나는 그 말이 내일 아침 날이 밝는 대로 떠나겠다는 뜻이라는 걸 알았습니다.

저는 그렇게 아내와의 생활을 정리하고, 하루 일과를 마친 뒤에는 가게 문을 내리고 17번 테이블에 앉아 술을 마시며 전처와 손님에 대한 생각, 그러니까 그들이 언제부터 나를 속였을까, 언제부터 서로 마음이 동했을까, 본격적으로 만나기 시작한 건 언제였을까, 하는 질문을 던지고 과거를 이 잡듯 뒤져 그 대답을 짐작해보고 또 나 자신에게 고쳐 대답하면서 매일 밤을 보내고 있습니다. 그렇게 다시 6년 전으로 돌아간 듯 생생하게 당시의 감정을 다시 경험합니다. 그런 식으로 6개월이 지났습니다. 이제는 두 번째 아내의 얼굴이 잘 떠오르지 않을 때가 있습니다. 대신 전처와 달아난 손님의 얼굴은 점점 더 선명하게 떠오릅니다. 매일 밤 그 사람 얼굴을 머릿속에서 그리고 있으니까요. 그리고 저는 이제 그럭저럭 이런 생활에 만족하고 있습니다.

만족하고 있습니다.

조금 이상하게 들릴지 모르겠지만

만족하고 있습니다.

17번 테이블에 앉아 과거에 느꼈던 고통 속으로 다시 돌아가면 저는 마음 깊은 곳에서 안도감을 느낍니다. 내가 세상에 이토록 강하게 붙들려 있었던 적이 없었다…… 그런 생각이 드는 거지요. 내가 느끼는 감정이 나를 괴롭히는 것과는 별개로, 그 순간만큼은 완전하게 나 자신이 세상에 본드처럼 빈 데 없이 들러붙어 있다는 생각이 드는 겁니다. 이제 17번 테이블은 내 인생의 일부가 되었고, 그것을 떼어놓고는 나란 사람은 제대로 존재할 수 없게 되어버렸다고 할까요. 11시 30분이 되어 가게 문을 닫은 뒤에는 테이블에 앉아 6년도 훨씬 더 전에 일어난 과거의 일들에 사로잡혀 그 일들을 현재 겪는 것처럼 반복하고, 전처와 손님을 증오하며 매일 일정한 시간을 보내는 겁니다.

그 일은 전혀 지루하지가 않습니다. 과거를 되새기는 일은 매번 새롭게 나에게 타격을 입히고 나는 그것이야말로 진짜 나의 삶이라고 느낍니다. 그게 나라고, 어느 한구석도 어긋나는 데가 없이 나 자신과 딱 들어맞는 나라고요.

당신은 그런 적이 없습니까? 현재의 행복을 마다하고 자신을 고통스럽게 하는 과거로 구태여 돌아가고 싶어 하는 마음을 단 한 번도 가져본 적이 없습니까?

가랜드

흰 실을 꼬아 만든 얇은 밧줄을 닮은 재료로 마크라메 장식품을 만들어 집 안 구석구석을 장식하는 일에 한동안 빠져 있었다. 나는 기술을 익히는 재주가 좋아서 시작한 지 한 달 만에 꽤 그럴듯한 작품들을 많이 만들어낼 수 있었다. 온 집 안이 미색의 꼬인 면사로 된 밧줄 모양 장식품으로 둘러싸였다. 티베트식 드림캐처, 과일 바구니, 플랜트 행거, 냄비 받침까지도. 거실 벽에 걸어놓는 거대한 가랜드를 만들었을 때는 꽤 근사해서 근처에 사는 이웃에게 선물했다.

이사를 온 지 얼마 안 지나서 환영의 의미로 무슨 선물이 좋을까 고민하던 중이었는데 그만한 선물이 없을 것 같았다. 재료비는 몇천 원 정도밖에 들지 않는데 직접 만드는 정성 때문에 시중에서는 가격이 꽤 나갔다. 오군은 그렇게 정성이 들어간 선물을 받아본 일은 전에 없었다면서 종이 포장을 뜯자마자 당장 침실 벽에 걸었다. 자연스러운 우드와 그린으로 인테리어한 오군의 침실에 가랜드는 썩 잘 어울려서 아무리 봐도 나무랄 데 없이 흡족했다. 나는 자랑스러워서 어깨가 좀 으쓱해졌고 오군도 기분이 꽤 좋아져서 본가에서 보내온 맛있게 익은 갓김치를 싸주었다. 남편은 내게 김치 담그는 실력이 갑자기 늘었다며 흡족해했는데 나는 그게 오군의 어머니 솜씨라는 얘기를 할 기회를 놓쳤다.

마크라메를 선물하고 나서 보름쯤 뒤에 호주에 있는 할머니 댁에 다녀왔을 때 오군이 보낸 네 통의 메일이 도착해 있었다. 오군과 알고 지낸 지 십여 년이 지났지만 오군이 메일을 보낸 것은 처음이라 메일 창에서 오군의 이름을 보고 그게 누군지 잠시 알아채지 못했다. 예상하지 못한 장소에서 친숙한 인물을 만났을 때처럼 오군의 존재가 낯설어졌다. 안개 다발에서 개나리를 발견한 듯 의아한 기분으로 메일함을 열었다. 다섯 통 정도 연달아 도착해 있는 오군의 메일을 클릭하는 마음이 그리 달갑지는 않았다.

첫 번째 메일에서 오군은 자기에게 왜 마크라메를 선물했는지 물었다. 오군이 메일을 보낸 건 새벽 2시경이었고, 내가 그 선물을 한 지 네 달도 더 지난 후였다. 내가 마크라메를 선물한 이유가 왜 갑자기 궁금해졌는지 알 도리가 없었다. 나는 다만 오군이 늦은 시간까지 잠을 잘 못 자고 있다는 사실만을 알 수 있었다. 따뜻한 우유에 꿀을 타서 마실 것, 물주머니를 배에 올리고 누울 것, 물구나무서기를 3분 동안 할 것, 휴대폰을 끌 것, 오군에게 필요한 건 선물에 대한 설명이 아니라 잠자기 전의 지침들인 것 같았다. 하지만 메일은 다섯 달 전에 보내온 것이다. 지금 오군의 상황에 대해서 나는 알지 못한다.

오군은 가벼운 신경증에 시달려왔다. 높은 곳에 올라가지 못하거나 숫자에 의미를 부여하거나, 혹은 길을 걸을 때 블록의 경계선을 밟지 않으려고 하는 가벼운 증상들이었다. 그런 증상들은 누구나 하나 이상 가지고 있으니까. 나도 마찬가지다. 나는 버스나 지하철을 갈아타지 않는다. 어떤 사람에게는 아무렇지 않은 일들이 어떤 사람에게는 몹시 힘들 수 있다. 오군에게는 그런 일들이 다른 사람들보다 몇 개 더 있었다.

그다음 번 편지에서 오군은 나에게 여행을 떠난 이유에 대해서 물었다. 그다음 번 편지에서는 마크라메의 무늬가 무엇을 의미하는지 궁금하다고 했다. 그다음 번 편지에서 오군은 자기가 이사를 가게 되었고, 갑작스럽게 떠나게 된 것이 유감이라고 했다. 그러나 그 집에서 더 이상 지낼 수 없게 된 것만은 분명한 사실이며 빈집의 관리를 내가 맡아주었으면 한다고 했다. 거절할 이유가 없었기 때문에 나는 그러마고 답장을 보냈다. 그리고 나서는 작은 방으로 가서 색유리들을 절단하고 (그때쯤에는 마크라메에서 손을 떼고 스테인드글라스에 재미를 붙이고 있었다) 꿀에 탄 레몬차를 한 잔 마신 뒤에 잠이 들었다.

다음 날 남편과 집 근처에서 저녁 식사를 하고 있을 때 남편에게 오군 이야기를 했더니 흥미로워했다.

"거기 한번 가볼까?"

"어딜? 오군 집에?"

남편은 고개를 끄덕였다. 마치 함께 도둑질을 하자고 하는 철없는 아이처럼.

"비밀번호까지 알려줬다면서?"

이번에는 내가 고개를 끄덕였다. 꼬깔콘을 앞에 둔 비둘기처럼 끄덕끄덕.

남편은 아무래도 계단을 쓰는 게 좋겠다고 했다. 오군이 집을 비운 지 꽤 되어서 복도와 계단에 먼지가 수북했다. 우리들은 일단 문을 열고 안으로 들어갔다. 남편이 베란다에서 빗자루와 쓰레받기를 찾아냈다. 남편이 계단을 쓰는 동안 집을 둘러보았다. 베란다에 작은 다육식물 화분이 놓여 있어서 물을 좀 주었다.

그리고 잠시 뒤에 벨이 울려서 현관에 나갔을 때 남편은 발목이 접질려 있었다.

"걸을 수 있겠어?"

남편은 몸을 일으키고 천천히 왼발을 앞으로 디뎠다. 그다음에는 오른발. 발뒤꿈치에서 앞쪽으로 무게중심을 옮기지 못하

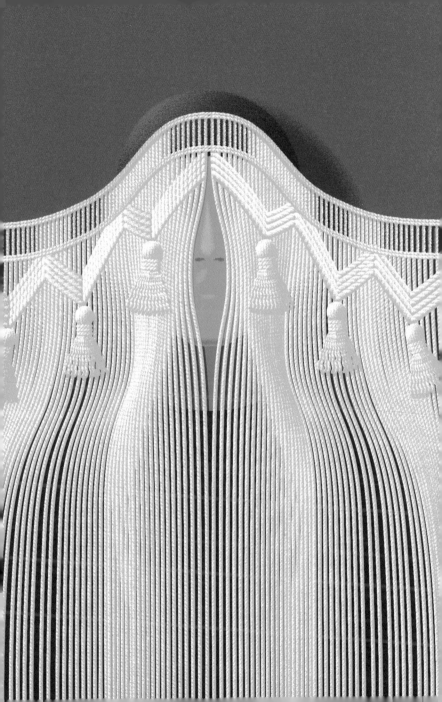

고 남편은 멈췄다.

"안 되겠는데. 아무래도 인대가 늘어나버린 것 같은데,"

"아침에 병원에 들렀다가 회사에 가는 게 좋겠네. 얼음찜질 정도는 해두면 좋겠는데."

나는 편의점에서 얼음 팩을 사와 발목 위에 얹었다.

"우리가 왜 여기에 있었던 거지?"

"집을 구경하러 왔잖아."

"덕분에 내 발목은 이렇게 늘어나버렸고?"

우리 두 사람은 잠깐 웃었다.

나는 태도를 바꾸어 남편을 나무랐다.

"그러니까 오지 말자고 했잖아. 호기심이 고양이를 죽인다는 말 몰라?"

남편과 나는 집을 좀 둘러보기로 했다.

침실에는 마크라메 작품이 그대로 남겨져 있었다.

"내가 선물한 거야."

"맘에 들지 않았나봐."

나는 마크라메를 선물한 그날 오군의 표정을 아직도 생생히 기억하고 있다.

"아니, 그 반대야. 너무 맘에 들어 했어."

"그런데 이걸 왜 두고 간 거지?"

"글쎄."

"오군이 이걸 맘에 들어 했다고 했지?"

"응. 굉장히."

"너무 맘에 들었기 때문에, 이제 반대로 너무 싫어하게 된 게 아닐까?"

"그럴 수 있어?"

"그럴 수 있지."

남편과 나는 지금 서로 너무 사랑하지만 언젠가는 그렇지 않게 될 수도 있다. 하지만 그 일이, 어쩌면 미래에 당연하게 일어나게 될 그 일이 지금 이 순간의 우리들에게 영향을 미쳐서는 안 된다고 생각한다. 나는 남편을 꼭 끌어안았다.

나는 오군이 나에게 그걸 알려주려고, 자기가 마크라메를 가져가지 않았다는 것을 알려주려고 거기에 뒀다고 생각한다. 대체 왜였을까? 그건 그냥 밧줄을 닮은 실로 만든 공예품일 뿐이었다.

　전부터 오군은 지나치게 뭔가에 의미를 부여하는 습관이 있었기 때문에, 나는 오군이 마크라메에 어떤 의미를 부여해버렸고 그걸 스스로도 감당하지 못하게 된 것은 아닌가, 하고 짐작할 뿐이다. 그 대상이 마크라메 가랜드였고, 하필이면 그걸 선물한 사람이 나인. 그런 일들은 세상에 널려 있다. 응당 버려야 할 것은 자신의 치우친 마음이라는 걸 오군도 곧 깨닫게 되겠지.

세 번의 거짓말

　사람들은 아내의 죽음이 내 탓이라고 했다. 내가 사기꾼이기 때문에 아내를 죽음으로 몰고 갔다고 말한다. 속여서 결혼을 했고 결혼 생활 내내 거짓말을 했기 때문에 그 충격으로 아내가 자살을 했다는 것이다. 하지만 배신감이 드는 것은 오히려 내 쪽이다. 나는 이 모든 일을 처음부터 끝까지 아내를 위해 계획하고 실행했다. 아내를 위하여 사무실을 빌렸고 아내를 위하여 책상과 가구들을 들였으며 아내를 위하여 가짜 증명서를 만들고 아내를 위하여 명패에 이름을 박아 넣었다. 그리고 아내를 위하여 변호사 행세를 했다. 지금의 내 모습을 누구보다

원했던 건 아내다. 아내의 죽음은 내 탓이 아니다. 아내의 죽음은 아내의 탓이다.

아내에게는 사법연수원에 다니는 행세를 하며 진규와 비디오 사업을 준비했다. 인터넷에 광고를 내 삼십대 후반의 여자 홍을 고용했다. 홍은 시나리오작가 지망생이었는데 글을 쓰는 일이라면 무엇이라도 좋다고 했다. 쓸데없이 진지한 게 흠이었지만 아이디어가 풍부하고 낙천적인 스타일이 마음에 들었다. 포르노의 내용은 다양한 성적 불만을 가진 여자 손님이 사무실을 찾아오고 변호사가 그녀들을 만족시킨다는 식으로 단순했지만 꽤 인기를 끌었다. 홍이 시나리오를 쓰고 진규는 배우를 섭외하고 내가 카메라를 잡았다.

아내는 신기하다 싶을 정도로 취향이랄 만한 것이 없는 여자였다. 데이트 코스나 식사 메뉴에 대한 불만도 없었고, 집안 살림을 고를 때에도 자기주장을 내세우지 않았다. 대개는 내가 추천하는 것을 골랐고 내가 망설이면 브로슈어를 가지고 가 장모님이 결정하도록 했다. 다른 사람의 삶을 잠깐 대신 살고 있는 것처럼 보이는 태도가 묘하게 나를 이끌었다. 어차피 아내가 원했던 것은 중산층의 생활을 유지시켜줄 변호사 남편이었고 내가 원하는 것은 거짓말이 들키지 않을 만큼 적당히 무관심한 아내였으므로 우리는 궁합이 잘 맞았다고 할 수 있다.

이후로 3년간, 변호사 사무실로 출근하여 불법 동영상을 제작하고 변호사 사무실에서 퇴근하는 것이 나의 일과였다. 변호사 사무실로 출근하고 변호사 사무실에서 퇴근한다는 그것으로, 나는 아내를 위해서 할 만큼은 다 하고 있다고 생각했다. 종종 어릴 때 읽었던 탐정소설을 생각했다. 양복을 입고 출근해서 굴다리에서 옷을 갈아입고는 거지 행세를 하여 돈을 번 뒤 다시 양복으로 갈아입고 저택으로 돌아가는 남자의 이야기였다. 그 이야기는 나를 사로잡았으나 내가 그 신사 역할을 맡게 될 거라는 걸 그때는 몰랐다.

하지만 내 경우에는 그 이야기와는 조금 다른 데가 있었다. 내 이야기는 양복과 거지 옷을 번갈아 입는 것을 지켜보고 있는 하나의 시선이 곁들여져 있었다. 그것이 거지의 이야기를 다른 이야기가 되게 했다.

홍이 복도에 있는 자판기에서 비타민 드링크제를 두 개 뽑아서 하나를 내게 내밀면서 회사를 그만두겠다고 한 그날, 내 인생도 달라졌던 것이다.

"변호사님한테 말씀드릴 게 있어요."

홍은 나를 꼬박꼬박 변호사님이라고 불렀다. 그녀가 드링크 제의 뚜껑을 따서 쥐고 한동안 뜸을 들인다. 잠시 후 손바닥을 펴자 뚜껑의 동그란 모양이 손바닥에 붉은 자국을 남겼다.

홍의 얼굴이 붉게 달아올랐다. 드링크제를 볼에 대고 열기를 식히며 그녀는 말을 계속 이어나갔다.

"제가 사무실에 있을 때 사모님이 오셨던 적이 있었어요. 처음엔 당황하셨죠. 낯빛이 어두워지고 입술을 깨물고 계셨는데 당장이라도 쓰러질 것같이 보였어요. 이제 사무실이 다 뒤집어지겠구나 생각하니 아찔한 순간이었죠. 그런데 사모님은 뭔가 곰곰이 생각하시더니 금세 평정을 되찾으시고는 자기는 모르는 체할 테니까 사장님한테는 말하지 말라고, 그렇게 당부하고 조용히 돌아가셨어요."

홍의 목소리가 조금 흥분되어 있어서 나는 오른손을 아래로 내리며 목소리를 낮추라는 시늉을 했다.

"그러니까 사모님의 죽음은 변호사님 때문은 아니에요."

나는 자리에 쪼그리고 앉아 무릎 위에 팔꿈치를 대고 얼굴을 싸쥐었다.

"그게 언제쯤이죠? 아내가 사무실을 찾아왔다는 그때가."

여자는 고개를 오른쪽으로 떨어뜨리고 기억을 헤아리더니 대답했다.

"5년하고 반 정도 지났나, 그럴 거예요."

나는 어떤 표정을 지어야 할지 몰랐다. 홍은 고개를 오른쪽으로 살짝 기울이고 입을 조금 벌린 채 다시 그때의 기억을 천천히 되짚고 있었다.

"그때 바로 말씀드리지 못해서 죄송해요."

홍은 고개를 떨어뜨렸다.

"계속 여기서 일을 하고 싶었거든요. 제가 말한다면, 사무실이 문을 닫을 거라고 생각했어요. 죄송합니다. 저는 그때 이 일을 하는 게 좋았어요. 하지만 더는 못 하겠어요. 쓰레기 같은 글을 쓰고 있으니 나 자신이 쓰레기처럼 느껴집니다. 누가 나를 어떻게 보건 더 이상은 나 스스로를 견딜 수가 없게 되었어요."

그녀는 흉몽을 꾸다 깬 어린아이처럼 얼떨떨한 얼굴로 자리에서 일어나 천천히 계단을 내려갔다.

"그 얘기를 굳이 내게 해주는 이유가 뭡니까?"

홍은 대여섯 계단을 내려가다가 멈춰 섰다.

"다른 사람들은 다 미스 홍이라고 부르는데 변호사님만 저를 홍 작가라고 불러줬잖아요. 유명 작가가 받을 법한 개런티를 주셨고요. 그것에 대한 복수예요. 변호사님, 그래서 말씀을 드린 겁니다."

포비아

I

　나에게는 특정한 숫자나 기호 따위가 행운이나 불행을 가져올 거라는 강박이 없지만, 여기에 특정한 의미를 부여해 그것을 피해 다니는 데 인생을 허비해버리고 만 사람들을 몇 알고 있다. 삼촌도 그들 중 하나였다. 삼촌은 5가 자신의 인생을 위협한다고 느꼈다. 그래서 휴대폰 번호나 분양받은 아파트의 호수, 주소지의 번지수같이 오랜 기간 자신을 따라다니는 숫자에 5가 들어 있는 걸 못 견뎌 했다. 그는 5월 31일생이었는데 자기가 하루만 더 늦게 태어났다면 전혀 다른 인생을—물론 더 나은 인생을—살았을 거라고 입버릇처럼 말했다. 그는 5가 들어간 해에는 사람을 사귀지 않았고 5층 건물에는 아무리 좋은 집이 나와도 구매하지 않았으며(그는 부동산 투기에 놀라운 재주가 있었다. 5에 관한 건물을 피하지 않았다면 아마 지금보다 훨씬 더 수익을 올렸을 것이다) 크리스마스에도 경계를 늦추지 않고 조심스레 보냈으며 어린이날을 13일의 금요일이라도 되는 듯 재수 없다고 여겼다.

삼촌은 왜 그게 5인지도 모르면서 그저 5를 피해 다녔다. 하지만 삼촌이 5를 피하는 일은 어느 시기까지만 가능했는데, 한창 번성하던 사업이 사양길에 접어들면서부터는 감당하기에 너무 많은 5가 그의 눈앞에 나타났기 때문이었다. 삼촌은 눈앞에 드러난 5뿐만이 아니라 다른 숫자들 사이에 교묘하게 숨겨져 있는 수많은 5들을 발견했다. 삼촌은 자기 눈앞의 숫자들을 더하고 빼고 곱하고 나누었다. 그 결과에 5가 나올 때까지 그렇게 했다. 49세의 삼촌은 이 두 숫자의 차가 5라는 사실을 늘 의식하고 있었다. 2012년에는 각 자리 숫자의 합이 5라는 이유로 해외에 진출할 좋은 기회가 있었는데도 사업의 규모를 늘

리기를 주저했고 30세에 5년 연하의 동반자를 만난 딸에게 결혼식을 미루는 게 좋겠다고 아주 진지한 얼굴로 말했다. 55세가 되었을 때 삼촌은 아직 젊은 나이임에도 불구하고 사업을 딸에게 물려주고 되도록 외출을 삼갔다.

　스스로의 최면에 걸린 듯 55세에 삼촌은 정말로 난관을 겪었다. 선천성 물혹인 갑상설관낭종을 제거하기 위해 반나절 정도 입원했을 때, 그를 위협하는 것은 수술의 성공 여부가 아니라 입원실 문 앞에 붙어 있던 팻말이었다. 몸이 약해지자 그는 전보다 더 심각하게, 5를 끔찍이 두려워했다. 505호 입원실에 배정받았을 때 그는 돈을 더 주고라도 그 입원실을 피해보려고 했지만 병원에는 다른 병실이 없었다. 팻말에는 5가 두 개나 들어 있었고 그건 저주와도 같았다. 그는 자기가 누워 있는 공간의 입구를, 그 첫 자리와 마지막 자리를 재수 없는 숫자가 차지하고 있다는 사실에 압사당할 지경이었다. 수술실로 옮기는 이동 침대의 철제 받침대에 붙어 있는 스티커에 적힌 숫자를 확인한 삼촌의 얼굴을 보았더라면 아마 자기 침대와 바꿔주겠다는 환자가 있었을지도 모른다.

나는 지금도 삼촌이 수술 중에 심장사한 이유가 5 때문이라고 생각한다. 정말로 숫자에 불운이 깃들어서가 아니라 삼촌 자신이 그 숫자에 부여한 엄청난 에너지가 마침내 그를 잡아먹어버리고 말았다고 말이다.

Ⅱ

어머니는 남편이 중국에서 바이어를 만나 두 번째 수출 물자 관련 건이 추진에 난항을 겪는 것에 대해 상의하고 있다고 믿고 있었으며—나는 가끔 어머니가 그 말을 진짜 믿고 있는 건지 헛갈렸다—자기가 아니라 다른 여인이 남편의 또 다른 부인이라는 사실에 대해서는 상상도 하지 못하고 있었다. 그녀는 지금 막 매생이죽을 먹고 난 뒤였고, 늙고 몸집이 크고 온순한 소가 천천히 들판에 쓰러지는 듯한 트림을 두어 번 했다.

중국에 출장 간 남편이 일방적으로 장기 체류를 결정하고 연락도 받지 않는다는 점 때문에 심기가 불편했는지 안색이 그리 밝지는 않았다. 나는 어머니에게 얘기를, 아버지가 죽었고, 그 장소는 그의 집이었으며 그 집은 이 집이 아니라 아파트 옆동이라고, 그 집에서 그가 조롱하던 스웨터를 입고 있는 여자가 그의 또 다른 아내라는 걸 아직도 얘기하지 못한 상태였다.

투명한 진실이 반드시 한 사람의 인생에 더 나은 방향을 제시하지는 않는다는 사실을 체험했고, 어머니도 예외가 아니라고 생각했기 때문이었다.

"나는 네 아버지가 전화를 받지 않는 걸 이해할 수가 없어. 그럴 거면 로밍서비스를 이용하지 말든가. 이 양반이 중국에 살림을 차린 건 아닌가 몰라."

나는 당황했다. 나는 그게 어머니가 나를 떠보기 위한 걸지도 모른다고 생각했다. 나는 어머니가 이 일을 알고 있으며, 혹시 그녀도 나와 같은 이유로 그 사실을 숨기고 있는 것이 아닌지 궁금했다.

"어머니는 혹시 이중생활에 대해서 생각해본 적 있어요?"

"이중생활?"

"어떤 사람이, 우리랑 똑같이 생긴 한 인간이 서울에서 하나의 삶을 살고 다른 곳에서 또 하나의 삶을 더 살아간다고 생각해본 적이 있느냐고요."

"얼마 전에 신문에 난 그 남자 얘기로구나."

아버지의 이야기가 이미 신문에 실린 모양이었다. 그 남자는 옆집에서 다른 생을 즐기고 있지만 그의 아내는 아직도 그가 살아 있고 대륙이 넓은 어느 나라에서 키가 작고 얼굴이 노란 다른 남자와 테이블 협상을 벌이고 있다고 믿고 있었다. 나는 자신이 상상도 하지 못하는 가능성을 향해 그녀가 어떻게 다가갈 수 있는지, 그리고 사실을 받아들일 수 있을지 알고 싶었다. 그러나 적절한 타이밍을 찾는 것은 쉬운 일이 아니어서 나는 결국 어머니에게 그 사실을 말하지 못했다. 아버지는 사업상의 일이 진척되지 않아서 중국에 더 머무른 것으로 하고 아버지인 척 아버지의 번호로 문자 연락만 했다.

그 일로 인해 나는 또 하나의 비밀을, 내가 원치 않는 이야기를 알게 되었는데 그것은 그녀가 나를 낳지 않았다는 사실이었다. 어머니는 어느 날 밤에 술에 취해 나에게 이런 문자를 보냈다. '당장 돌아오지 않으면 당신이랑 당신을 닮은 그 지긋지긋한 녀석과도 당장 끝이야. 내 아이도 아닌 그 녀석을 키운 대가가 고작 이런 경우 없는 대접을 받는 것이라니, 이 양심도 없

는 인간, 당장 내게 전화해!'

이후로 나는 밤 12시가 지난 시간에 오는 메시지는 확인하지 않는다. 자정이 지난 시각 급하게 연락할 일이 있다면 이메일을 이용하시기를.

Ⅲ

수지는 나의 다섯 번째 애인이고 어떤 이유에서인지 모르지만 물을 마시지 못한다. 우리는 5년간 그녀가 왜 물을 마실 수 없는지에 대해 이야기를 나누었으나 그 이유를 찾는 것은 쉽지 않은 여정이어서 5년 동안 그 이야기를 나누었는데도 여전히 그 근처에도 가지 못했다. 하지만 우리의 대화는 우리 두 사람의 관계만큼이나 집요하고, 포기를 모르고, 진전 없이 제자리로 돌아옴에도 불구하고 매번 의욕적으로 다시 출발한다.

오늘 수지는 부루퉁한 얼굴로 내 집에 찾아와 한 시간 정도 아무 말도 하지 않다가 입을 열었다. 그녀는 어젯밤에 잠들기 전 새로운 사실을 알게 되었는데 물을 마실 수 없는 이유가 물이 투명하기 때문이라고 말했다.

"투명하기 때문에?"

내가 되묻자 그녀는 대단한 발견이라도 했다는 듯 자랑스럽게 고개를 끄덕였다. 내 쪽에서 아무 대답이 없자 수지는 누구에게도 이해받지 못한 천재처럼 외로운 표정을 짓더니 천천히 한숨을 내쉬었다. 그녀는 냉장고 문을 열고 콜라 캔을 집어 들었다. 지난달 받은 건강검진에서 지방간 수치가 중증 알코올중독자보다 1.5배나 높게 나왔는데도 전혀 개의치 않는 듯 무덤덤한 표정으로 캔 뚜껑을 따고 향료가 강하게 첨가된 탄산음료를—언제나처럼—물 대신 마셨다.

"투명하다는 거 정말 징그럽고 이상하지 않아?"

물에 대한 이야기가 계속되는 걸 보면 그녀의 남편이 어젯밤 너무 일찍 들어왔거나 둘째 아들이 그녀가 아끼는 뭔가를 깨뜨렸거나 그것도 아니면 그녀에게 나 말고 다른 연인이 생겼을 수도 있다. 그녀는 매번 물을 싫어하는 이유에 대해서 한 시간이 넘도록 얘기할 수 있고 그녀가 내게 말하는 물을 싫어하는 그 많은 이유들 중 어느 것이 진짜인지는 알 수 없지만, 적어도 그녀가 물에 대한 이야기를 5분 이상 넘겼을 때 그녀의 일상에 뭔가 일이 일어났다는 것, 10분이 넘을 경우에는 적신호가 켜졌다는 것 정도는 알아챌 수 있다. 물이 투명하다는 사실 때문에 수지가 당장이라도 눈물을 떨어뜨릴 것처럼 흥분했을 때, 나는 그녀를 이해한다는 표정으로, 세상에 단 한 사람, 오직 내가 그녀를 알고 있으며, 그녀가 마음껏 물에 대해 이야기할 수 있도록 귀를 열었다는 사실을 알렸다. 물론 나는 귀보다 마음을 더 활짝 열었고, 언제나 오피스텔 출입문 비밀번호와 현금카드의 비밀번호를 알렸으며 또 언제든 그녀가 내킬 때 나를 찾아올 수 있지만 원하지 않을 때면 절대 올 필요가 없다는 것을, 그녀가 오라면 오고 가라면 가는 한 사람의 얼간이가 바로 여기 있다는 표시로 두 눈빛을 빛내며 두 팔을 벌리고 두 가슴을 내밀었다.

수지는 지금 내 무릎을 베고 누워 물에 대해 이야기하고 있다. 물이 투명하다는 사실에 대해서, 그 기분 나쁜 무색무취와 그보다 더 불쾌한 무정형에 대한 두려움과 끔찍한 심경을 토로했고 물방울이 모여서 부풀어 오른 모양이 아주 이상한 상상을 하게 만든다는 부분에서 나는 동의의 표시로 그녀의 무룰을 천천히 쓸었다. 투명함이라는 성질이 기분을 나쁘게 한다는 데 심정적으로 공감하고자 나는 직장 동료인 부마를 떠올렸다. 그 새끼가 사람들이 말을 돌려서 하는 건 기만이라는 헛소리를 하면서 알고 싶지 않은 제 속마음을 매번 투명하게 드러내는 것을 떠올리자 나는 수지가 물에 대해서 당혹해하고 곤경에 빠진 바로 그 지점을 충분히 이해할 수 있었다.

나는 수지가 나를 바라보는 눈빛에서 오늘 그녀의 아이들 중 하나가 상장을 받아 왔고 식구들끼리 외식을 하기로 했다는 것, 그 음식점이 우리 집 근처에 있다는 사실을 읽는다. 곧 식사 시간이 다가오고 있으며 오늘 그녀가 나와 함께 저녁을 먹지 않을 거라고 예측한다. 그녀가 오늘 좀 격식을 차린 차림을 하고, 목걸이를 두르고 있는 것이 나 때문이 아니라는 사실 때문에 풀이 죽는다. 나는 조심스럽게 묻는다. 우리에게 더 허락된 시간이 얼마나 되는가. 그녀가 다섯 손가락을 쫙 펴 보인다. 그녀의 두껍고 축축한 손바닥이 새삼스럽게 눈에 거슬린다.

"남은 시간 동안 물 얘기 더 할까?"

나는 눈을 감는다. 물을, 물의 신비를, 흐르고 머물고 흩어지고 모이고 떨어지고 솟구쳐 오르는 그 무정형의 에너지를 상상한다. 나는 왜 그녀와 달랐는가. 그동안 왜 한 번도 물의 그 투명함을 두려워하지 않았는지, 어째서 의식 없이 물을 마시고 삼킬 수 있었는지를 생각한다. 물이 갖고 있는 그 부정성을 혼자서 오롯이 감당하는 그녀를 바라보고 있자면 나는 그녀의 외로움을 알 것 같고, 거부감을 알 것 같고, 실은 알지 못하지만 알 것 같기는 하다는 그 마음 하나를 붙들고 그녀에게 한 걸음씩 다가간다. 단지 그녀가 내 앞에 있다는 이유로. 어떤 절박함도 없이. 수지에게 다가가 나는 생각한다. 우리가 물에 대한 너무 많은 이야기를 나눈 것이 아닌가. 그 물에 대한 이야기들이 우리 둘 사이를 끊을 수 없게 만든 것은 아닌가 반문한다. 우리의 대화가 어떤 적정한 수준을 넘어버렸다고, 이렇게 되기 전에 손을 썼어야 했다고. 대화의 소재를 다른 곳으로 돌렸어야 했고, 적어도 그녀가 결혼식 날짜를 잡았을 때는 관계를 멈추었어야 했다고. 그러나 우리는 그러지 않았다. 나는 그녀와 내 관계가 영원히, 둘 중 한 사람이 죽을 때까지 지속될 거라는 믿음을 한 번도 버린 적이 없었다.

"투명함이라는 것은 말이야, 어떤 존재가 다른 존재에게 자기를 더 이상 드러낼 의지를 잃었다는 것과 같고 그건 죽음이나 무와 마찬가지라고."

문득 나는 이런 결론에 도달한다. 그녀가 물을 마시지 못하는 이유가 나 때문이라는. 그녀의 결벽한 도덕성이 물의 투명함을 징그럽다고 느끼도록 했다고 말이다. 그간 어떠한 장애물도 우리 두 사람의 관계에 어떤 영향을 미치지 못했으나 그녀 내부의 반발심을 꺾을 수가 없었다고.

그녀가 투기를 목적으로 사들인 오피스텔이 폭락하는 바람에 내가 저축해둔 돈을 모두 날려야 했던 사실도 그녀를 향한 나의 열정을 멈추게 하지는 못했다. 그녀의 남편이 나를 찾아와 집 안을 완전히 뒤집어놓고 목이 쉬어서 더 이상 소리가 나오지 않을 때까지 욕을 퍼부었을 때에도 우리는 긴긴 토론 끝에 사랑이 소유할 수 없는 종류의 것이라는 데 동의했고 그녀의 결혼 유무는 우리 관계와 별개의 것이라는 결론에 안착했다. 하지만 물의 투명함을 우리가 극복해낼 수 있을지는 미지수였다.

나는 수지가 그 말을 할 때 눈가를 움찔하는 것을 보았고 그녀가 기존의 관습, 세상의 질서와 안정을 사랑하는 경향 또한 버릴 수 없다는 것을 이미 진작에 알고 있었던 것이다.

"물."

이라고 나는 말했다. 그녀가 귀를 막았다.

그녀에게 내 말이 어떻게 들린 것일까. 물이 아니라 무엇으로 들린 것은 아닐까.

"물."

내가 다시 말했다. 갑자기 그녀가 일어선다. 그녀가 나를 노려본다. 그녀의 어깨가 들썩인다. 화가 났다는 표현이리라. 대체 무엇 때문에? 그녀가 내게 화를 낼 이유가 무어지. 그녀의 입은 앙다물어져 있고, 그리고 내게 그 이유를 말하지 않을 것임을 안다. 그녀의 거친 숨소리가 천천히 잦아들고, 한순간 어깨에 긴장이 풀리고 고개를 떨어뜨리고 그리고 마침내 그녀가 설명도 화해도 없이 나를 용서했다. 우리는 그렇게 침묵한 채로 서로를 바라보고 또 바라본다. 그리고 그녀가 조용히 자리에서 일어나 핸드백을 챙겨 현관문을 열고 밖으로 나간다. 아무 말도 없이. 어떤 설명도 하지 않고.

수지가 나가고 문이 닫히는 순간 가슴이 철렁 내려앉으며 5년이란 시간이 아주 짧다고 느낀다. 내가 아주 나이가 많은 사람이라고, 성 안에 사는 흡혈귀처럼 인간이 아닌 다른 존재여서 그들과 어울릴 수 없고 이제 그만 죽고 싶다고 생각할 때, 그녀를 사귀어온 5년의 세월이 마치 여름 바캉스에서 보낸 5분간의 일처럼 지나간다. 그 5분은 매우 아름답고 찬란하며 반짝거린다.

현관 앞에 잠시 멈춰 섰던 그녀의 얼굴을 다시 떠올린다. 그것은 운명애에 가까운 표정이었다. 누구든 그 순간에 그녀를 보았다면 그게 바로 자기 인생을 똑바로 바라보는 정직한 인간의 표정임을 알아보았을 거라고.

그러나 도망치듯 현관을 떠난 그녀는 문이 닫히고 나서 1분도 채 지나지 않아 내게 다시 전화를 걸었고, 내가 그녀에게 붙여준 애칭이 휴대폰 액정에 떠오르자 나는 어떤 감격과 두려움과 끔찍함과 그러나 그 모든 것들을 저버릴 생각이 전혀 없이 삶을 통째로 껴안기로 결심한 그녀와 모든 순간을 함께하겠다는 비장한 의지로 전화를 받는다.

수화기에서 그녀의 목소리가, 마치 별들처럼, 나는 전에 한 번도 본 적이 없지만 은하수처럼 쏟아지고 내가 전에 한 번도 상상하지 못했던 일이 일어나고야 만다. 수지가 전혀 예상치 못한 방식으로 우리 관계가 드디어 끝났음을 통보했던 것이다.

"이제 난 1분도 더 못 견뎌요. 도저히 더 이상은 안 되겠다고 요. 언제까지나 물이 어쩌고저쩌고하는 타령을 할 순 없어요. 돈을 아무리 더 준다고 해도 이젠 이 일 못 해요. 당신이 또 딴 소리를 할까 봐 다시 한번 분명히 말하지만 아무리 돈을 더 준 다고 해도, 이 남자랑은 절대 다시 만나지 않을 거예요!

이웃

산 밑에 위치하고 있는 빌라에는 열여섯 가구가 살고 있다. 그들은 아침에는 새소리와 바람 소리와 5분마다 한 대씩 지나가는 마을버스의 엔진 소리, 가끔 먼 데서 들려오는 컹 커엉 개 짖는 소리와 근처 성당에서 들려오는 종소리를 공유한다. 또 못을 박는 소리, 대금을 갚지 않고 직원과 실랑이를 벌이는 소리를, 아이가 거실 바닥에 배를 깔고 누워 학습지를 풀면서 부르는 노랫소리를 공유한다.

여기는 5년 전에 재개발 구역으로 정해진 구식 빌라. 방음벽이 설치되지 않은 탓에 마치 그들은 한집에 사는 사람들처럼 입주와 동시에 서로의 소리와도 함께 살게 되었다.

303호 노인은 고양이를 기르고 있다. 노인은 좀처럼 말하는 법이 없고 고양이 소리만 가끔 들린다. 노인의 목소리는 하루에 한 번, 점심 식사가 끝난 뒤에 꽤 공을 들여 칫솔질을 하고 난 뒤에, 그리고 무슨 이유에서인지 잠시 웩웩거리는 소리가 이어 들리고 난 뒤에 누군가에게 전화를 건다. 상대는 전화를 받지 않고 녹음으로 연결이 되면 노인의 이야기가 시작된다. 그는 나지막하고 단조로운 목소리로 아마 청년 시절에 있었던 이야기를 풀어놓는다. 매번 같은 이야기지만 어딘가 조금씩 달라지고 있다.

노인의 통화 소리를 잘라먹고 아이가 노래를 부르기 시작한다. 할아버지의 시계는 똑딱똑딱, 할아버지의 시계는 똑딱똑딱. 노인은 아이의 노래를 언젠가 들어본 적이 있다고 생각한다. 언젠가 불러본 적이 있다고도 생각한다.

이곳은 '개미마을'이라는 이름의 오래된 구식 빌라. 다른 가구에서 나는 소리가 고스란히 들린다. 옆집 사는 노인이 싱크대에서 설거지를 하는 순간, 화장실에서 볼일을 보는 것, 매주

수요일마다 어떤 채널을 시청하는지를 알게 된다. 부실한 벽을 타고 들어온 소리는 바로 옆에서 이웃이 일하고 먹고 움직이는 것처럼 생생하게 재생된다.

이 이야기는 그 벽을 타고 흘러들어오는 소리로 인해 어떤 일이 일어났는지에 대한 것이다. 이 이야기를 그들이 살고 있는 빌라에 내가 이사 오게 되면서 일어난 일들에 대한 보고서라고 해도 좋다.

이웃은 2주 전에 암수술을 받고 나서 매일 찾아오는 간병인의 도움을 받아 생활하고 있다. 노인의 소일거리는 전화 통화다. 한쪽에서만 일방적으로 이야기를 풀어놓는 식이니 그것은 거의 기도문을 읽는 것처럼 들린다. 세 번의 통화 연결음이 들린 뒤에 녹음이 시작되면 20분에서 때로는 30분이 넘도록 그는 혼자 이야기를 하기 시작한다. 나지막하게 중얼거리는 통화의 내용에는 축복이 담겨 있지만 그 안에 원망의 냄새가 난다. 가족의 이름을 순차적으로 부르고 그들의 안위를 기원하고 있지만 마치 내게는 그들이 나를 버렸어, 그들이 나를 돌보지 않아, 대체 지금 너희들은 어디에 있는 거냐고 묻는 것 같다.

그것은 어쩌면 내 상상력의 부족일지도 모른다. 혼자 사는 노인이 가족을 그리워할 거라는 식상한 예측에 불과한지도. 어쩌면 그는 아주 속이 시원할 것이다. 그는 일부러 아무도 없는 집에, 아무도 전화를 받지 않는 시간을 골라 전화를 하고, 그들이 넌더리를 내도록 아주 긴 이야기를 남김으로써 그들이 자신을 멀리하도록 유도하고 있을지도 모른다고. 어느 날 통화를 끝내고 거동이 불편한 몸을 이끌고 나가는 노인의 뒷모습을 보면서 생각했다.

그 생각은 나에게 위안이 되었는데, 노인에 대해서 조금씩 더 알게 되는 것이 내게 두려움을 주었기 때문이다.

이웃은 설거지할 때 노래를 부른다. 샤워를 할 때도 노래를 부른다. 대개는 빠른 곡조의 음악이다. 아침에는 천천히 움직이고 점심을 먹고 난 뒤에 가장 기분이 좋다. 심심해지면 친구에게 전화를 걸어 어떨 때는 한 시간도 넘게 통화를 한다. 보통 최근에 일어난 시사 문제에 관심이 많고 사건을 협소한 주제로 정리한 뒤 그에 대해서 토론하기를 좋아한다. 비슷한 성향의 친구가 있다니 다행이네, 생각하다가 나도 모르게 이웃의 통화를 엿듣고 있다는 자각을 하고는 당황한다.

듣지 말자고 생각하니 소리는 더 들리는 것 같다. 이웃이 소리를 낼 때마다 내 쪽에서는 소리를 내지 않으려고 노력한다. 그래서인지도 모르겠지만 이웃은 제 소리가 밖으로 흘러나가든지 나가지 않든지 개의치 않고 점점 더 소리는 커진다.

내 집에 내가 내는 소리는 점점 줄어들고 이웃의 소리로 가득 찬다.

"아몬드 오일을 써보세요. 그게 수분 공급에는 최곱니다."

인사만 하고 지나치려는데 이웃이 말을 건다. 불쑥 꺼낸 그 말이 무슨 뜻인지 못 알아듣자, 답답하다는 듯 설명을 곁들인다.

"피부가 건조하고 자꾸 간지럽다면서요."

나는 이웃의 입에서 나오는 단어들이 나와 이웃의 관계에는 적합하지 않다고 생각한다.

"제가요?"

"어제 전화로요. 친구 같던데."

어제 친구와 나눈 통화 내용을 엿들은 모양이다. 아니 통화 내용이 벽을 타고 흘러들어간 모양이다. 당황해서 그냥 알겠다 고만 하고 계단을 내려간다. 방음이 되지 않은 탓에 이웃 간에 뭘 하고 있는지 훤히 알고 있다는 것은 어쩔 수 없는데, 그걸 아는 척하는 건 무슨 심보인가 싶어 기분이 좋지 않다. 집에 돌아간 뒤에는 다른 소리가 새 나가지 않도록 하기 위해 음악을 틀어놓았다. 볼륨이 너무 큰가 싶어 소리를 낮추었다가 틀어놓은 음악조차도 어쩐지 내 취향을 들키는 것 같아 전원을 끈다.

잠시 후 답가처럼 303호 이웃집에서 틀어놓은 음악이 들려온다.

우연이겠지만 마치 문을 닫은 채 음악 소리를 주고받으며 대화를 하고 있는 것 같다는 생각이 든다. 이웃과 정말 함께 살고 있다는 생각이 든다.

이웃이 왜 그러는지 알 수 없다. 빌라 앞 공터를 자기 집 마당으로 생각하는 모양인지 담배도 빌라 앞에 나와서 피우고

빌라 앞 공터에 빨래를 널고 주말에는 이동식 평상을 깔아놓고 거기에서 낮잠도 잤다. 나물을 다듬기도 하고 전화 통화도 밖에 나와서 했다.

처음에는 그러다 말겠지 싶었는데 그만두지 않았다. 내가 알고 싶지 않은 사생활을 고스란히 관람하는 꼴이었는데 정작 관람의 대상이 된 이웃은 아무렇지도 않은 듯 보였고 그 모습을 보는 내가 이상하다고 느끼는 모양이었다. 보이는 것은 이웃이고 보는 것이 나인데 기분은 정반대였다. 내가 이웃을 훤히 볼 수 있는 것처럼 이웃도 나를 훤히 볼 수 있다는 생각이 들었던 것이다. 문을 닫아도 이 집의 내부가 밖에 훤히 보인다고 느꼈다. 밖에 나와 있는 것은 그인데 내 집이 공개되어 있는 것처럼 안도감이 들지 않았다.

창문을 열면 이웃이 있다. 한번 의식하기 시작하자 이웃이 나올 때마다 신경이 쓰이고 의식이 되었다. 이웃이 나오는 순간 내 집 문이 열린다는 착각이 들었다. 문고리를 걸고 이중창을 전부 닫고 집안일을 하다가 지금쯤이면 이웃이 집에 들어갔겠지 싶어 창밖을 내다보면 여지없이 눈이 마주치고 말았다.

그러면 이웃은 나에게 몹시 반가운 얼굴로 눈인사를 건네거나 손을 흔드는 것이다. 마치 우리가 꽤 친밀한 사람인 것처럼 이웃의 제스처는 자연스러웠다.

창문을 통해 말을 건네는 일도 있었다.

별 대수롭지 않은 얘기들이었다. 비가 올 것 같으니 우산을 챙기라고 할 때도 있었고 어제 있었던 일에 대한 속내를 다짜고짜 털어놓을 때도 있었다. 이웃이 대화를 걸어오면 나도 모르게 고개를 끄덕이며 대꾸를 했고 그리고 난 뒤에는 부담감과 스트레스가 밀려왔다.

이웃이 나왔는지 들어갔는지 나와서 뭘 하는지 신경 쓰지 않겠다고 다짐하고 일부러 창밖을 내다보지 않고 있으려니 화가 났다. 내가 왜 내 집에 있으면서 편치 못하고 신경을 곤두세우고 창밖조차 내다보지 못하는지 기분이 상했다.

이웃이 제 집에 들어갔으면 좋겠다고 생각했지만 그런 요구는 부당했다. 그는 자신의 사생활을 공개하는 방식으로 내 사생활을 침해했지만 근거가 애매했다.

이웃은 가구를 손질하거나 고추를 말리거나 하늘을 올려다

봤다. 고성방가를 하거나 행패를 부린 것이 아니다. 직접적 피해를 주지는 않았던 것이다. 게다가 거기는 공유지였다. 이웃이 그곳에 있으면 안 될 아무런 이유가 없었다.

그가 내 집에 들어온 것도 아닌데 거기서 나가라고 할 수는 없었다.

세차를 하던 이웃이 호스를 내려놓고 창 앞에 서 있는 나를 올려다보며 말한다.

"그럴 수 있습니다. 그런 기분이 들 수 있어요. 난 이 빌라를 거쳐간 수많은 사람들을 봤으니까요. 그 사람들 중에 당신 같은 사람이 있었습니다. 난 전에도 봤어요. 그런 사람이 꽤 있었다고요. 스트레스가 커지면 없는 것을 보기도 한다고요. 들린다고요. 당신이 본 것에 집착하면 안 돼요. 들은 것에 집중하지 말아요. 보인다고 해서 실재한다고 믿으면 안 됩니다. 들린다고 대꾸해선 안 된다고요."

이웃의 충고대로 창밖을 보지 않겠다고 마음먹었지만 나도 모르게 자꾸 기웃거리게 된다. 처음에는 이웃이 내게 해가 되는 일을 하지는 않나 살피다가 그렇지는 않다는 걸 알게 된 뒤에도 계속 흘끗거린다. 나도 모르는 사이에 무심코, 창밖을 내다보고 있다.

이제는 의심도 걱정도 아니고 그냥 이웃이 뭘 하는지 호기심을 느끼기도 하고 내 집을 둘러보듯 별생각 없이 쳐다볼 때도 있다.

이웃은 전화를 하고 물을 마시고 세차를 한다.

그런데 그가 정말 전화를 하고 있는 건가.

내게 전화하는 모습을 보여주고 있는 건 아닌가.

그가 정말 물을 마시는가.

내게 물 마시는 모습을 보여주려는 건 아닌가.

그가 정말 세차를 하는가.

세차를 하는 행위를 통해 혹시, 내게, 뭔가를 전하려는 것은 아닌가.

믹스커피를 한 잔 마시고도 졸음을 쫓지 못해 졸고 있는데 손님이 레일 위에 물건을 놓았다. 레일 위에 놓인 바코드를 찍고 계산된 총 금액을 알려주는데 상대의 얼굴이 낯익다. 그의 얼굴에 웃음이 번진다.

이웃이다.

"반갑습니다."

나는 떨떠름한 기분이다. 내가 일하는 마트는 집과 꽤 떨어진 블록에 있다. 전에 일하던 마트에서 상사와 트러블을 겪고 다른 곳으로 이전했다. 이웃이 이곳까지 물건을 사러 온 건 왜일까. 근처에 볼 일이 있었는지도 모르지만 어쩐지 달갑지는 않다.

나는 부러 퉁명스런 말투로 만칠천오백 원이라고 일러주고, 얼굴을 피한 채 봉투에 형광등과 계란, 유리 물병을 담는다. 내가 언짢아진 것을 눈치챘는지 그가 미안해하며 설명한다.

"실은 부탁이 있어서요."

부탁을 들어주겠다는 대답을 섣불리 해서는 안 된다고 마음속으로 중얼거리며 일단 말을 해보라는 식으로 고개를 끄덕인다.

"402호 이웃이 나를 모욕했어요."

402호는 좀처럼 마주치는 일이 없이 간혹 틀어놓는 라디오 소리만 들리는 집이다. 디제이는 연주자와 곡명 정도를 말해주는 클래식 라디오다. 종종 들려오는 연주곡에 귀 기울이다가, 엊그제는 처음으로 음반 가게를 찾았다. 마음에 드는 곡이 흘러나와서 디제이의 목소리에 귀를 기울였고 곡명을 받아 적었다. 연주자의 이름은 헛갈렸다. 점원의 도움을 받아 CD를 구입했고 이제는 점심 식사를 하고 난 뒤에 꼭 듣는다.

빌라에 사는 이들 중에는 402호 이웃과 가장 취향이 비슷하고, 그래서 혹시라도 가까이 지낸다면 402호가 좋겠다고 생각했던 적이 있었다. 하지만 어떻게 된 일인지 단 한 번도 마주치는 일은 없었고 집을 들락거릴 때마다 복도에서, 계단에서, 빌라 입구에서 마주치는 건 늘 303호였다. 그런데 402호가 303호 이웃을 모욕했다고 했다.

이웃은 잔뜩 인상을 쓰며 흥분을 감추지 않았다. 내가 자기 편이 되어줄 거라고 믿고 있는 눈치였다.

"이웃이 말하기를 내가 자기 집에 들어갔다는 겁니다."

"집에 들어갔다고요?"

"무단침입을 했다는 겁니다. 내가 자기 집에 들어갔다고요. 그 사람은 내가 보기에 제정신이 아닙니다. 아니면 내게 무슨 억하심정이 있어서 그러는지 모르겠어요. 어쩌면 나를 좋아하는지도 모르고요."

이웃이 무슨 소리를 하는지 이해하기 어려웠다.

"내가 그 집에 들어갈 이유가 대체 뭐 있겠어요?"

내가 궁금한 것은 그가 그 얘기를 내게 하는 이유였다.

"도움을 좀 받고 싶어서요."

이웃이 말하는 도움이라는 것은 증언이었다. 그가 나의 선량한 이웃이었다는 한마디라고 했다.

"생각해보겠습니다."

나는 최대한 애매모호한 대답을 하고 스스로 흡족했다. 생각해보겠다는 말이 있는 한 어떤 대화도 자신 있게 할 수 있을 것 같았다. 기분이 조금 나아졌다.

하지만 이웃은 순순히 물러나지 않았다.

"생각해보고 말고 할 게 뭐 있습니까? 그냥 당신이 아는 대로, 내가 그 사람 집에 들어간 적이 없다는 걸, 내가 그 사람 집에 들어간 걸 못 봤다고 말해주면 되는데 그게 그리 어려운 일은 아니지요?"

이웃이 내 표정을 살폈다. 동의하는 기색이 없자 조금 불안해진 모양이었다.

"안 그래요?"

내가 미동도 하지 않자 이웃은 자기가 예상한 것과 다른 상황임을 깨닫고 봉투를 들고 황급히 마트에서 사라졌다.

퇴근길에 집에 돌아가 저녁을 먹는데 202호서 대화를 나누는 소리가 들린다. 분명 소리는 아랫집에서 나는데 목소리는 303호다. 이웃이 오후에 내 일터에 찾아와 한 이야기를 그대로 아랫집 사람에게 하고 있다.

아랫집 사람의 대응은 나와는 다르다. 자기도 402호가 영 마음에 들지 않았다는 것이다. 인사성이 없고 거만해서 평소 마음에 들지 않았다고 했다. 303호는 기분이 좋아졌는지 좀 전보다 더 높고 더 큰 목소리로 자기가 지금 얼마나 억울한 상황에 처했는지 떠들어대기 시작했다.

호응을 하며 열심히 듣던 202호가 과일을 좀 깎아오겠다며 일어섰다.

칼이 사과를 두드리는 소리를 듣자 칼날이 사과에 박히는 장면이 눈앞에 생생하게 떠오른다.

밥을 먹다가 들고 있던 숟가락을 내려놓는다. 소리를 내지 않으려고 노력한다.

혹시 그들도 내가 뭘 먹는지 보고 듣고 있는 것은 아닌가.

혹시 이 빌라에는 벽이 없는 게 아닌가.

내 눈에만 벽이 보이는 게 아닌가.

202호와 402호와 303호 그리고 나, 모두가 함께 살고 있는 것은 아닌가.

그러지 않고서야 이렇게 이웃의 움직임이 선명하게 느껴질 수 있을까.

내가 그들의 움직임을 느끼듯이 그들도 내 움직임을 느끼고 있을 것이다.

내가 뭘 하고 있는지 알고 있을 것이다.

이 빌라에 사는 모든 사람들이 나를 보고 있을 것이다.

내가 그들을 보듯이 말이다.

"아닙니다."

아랫집 안방에 앉아 있던 303호가 천장을 올려다보며 내게 말한다.

"그렇지 않아요. 당신이 잘못 생각하고 있는 겁니다. 이 빌라에는 벽이 있어요. 방음벽이 설치되어 있지 않을 뿐 그것은 엄연한 벽입니다. 벽은 있어요. 그 벽을 허문 것은 당신입니다. 내가 그랬잖아요. 보인다고 다 진짜가 아니라고, 들리는 것에 모두 대꾸하지 말라고요. 내가 진즉에 당신에게 말해주지 않았습니까?"

TV를 끄고 잤다고 생각했는데 켜둔 채였나보다. 시끄러운 것은 못 견딘다, 작은 소리에도 신경이 곤두서느니 어쩌니 하는 소리는 괜한 말이었나보다. TV를 켜놓고도 용케 잔 걸 보면 어제 몹시 피곤했나보다.

목이 말라 물을 마시려고 거실로 나갔는데 이웃이 거실에 누워 있다. 모로 누워 몸을 뻗은 채 팔을 굽혀 머리를 받친 모양새가 마치 자기 집 안방에 있는 것처럼 편안해 보인다.

그는 나를 보고도 별 놀란 기색이 없다. 다만 자세를 바꾸고 일어나 앉아 흐트러진 머리 모양새를 매만질 뿐이다.

"왜 벌써 일어났어요?"

나는 뭐라고 대꾸해야 할지 대답을 찾지 못한다.

"아, 소리가 너무 컸습니까?"

이웃이 리모컨을 조정해 볼륨을 낮춘다.

"미안합니다. 어릴 때 사고를 당해서 왼쪽 귀가 들리지 않아요. 난 소리가 잘 안 들립니다. 수업 시간에도 그랬어요. 선생님이 설명하는 게 어떤 부분은 잘 안 들렸어요. 그래서 집중을 못한다고 곧잘 혼이 났죠. 따귀를 맞은 적도 있습니다. 친구들도 마찬가지였어요. 내가 자기한테 관심이 없다고 기분 나빠하는 사람도 있었습니다. 하지만 집중을 못 한 게 아닙니다. 난 귀가 잘 안 들려요. 그뿐입니다. 일부러 안 들은 게 아니라고요."

이웃이 이른 아침에 허락도 없이 내 집에 들어왔고 내 TV를 보고 리모컨을 마음대로 사용해놓고 단지 그 소리가 크다는 점에 대해 사과하고 있다. 그의 청력에 대해서, 다른 이들에게 받은 오해에 대해서 궁금해하지도 않는 내게 구구절절 털어놓고 있다.

나는 기가 차서 소리를 지를 뻔했지만 심호흡으로 겨우 마음을 가다듬고 평정을 되찾은 뒤에 당장 내 집에서 나가주었으면 좋겠다고 말했다.

"내가 어디로 가라는 얘깁니까?"

이웃이 물었다.

"그건 내가 알 바 아니고요. 여기는 내 집이고 당신이 어디로 가든 상관없지만 내 집에서 당장 나가주세요."

침착하려고 노력했지만 손끝이 떨렸다.

"요즘 예민해 보이시던데, 지금 당신이 상황을 잘못 판단하고 있는 것은 아닌지 잘 생각해보십시오. 여기가 정말 당신 집이 맞는지를, 잘 봐요."

이웃이 두 팔을 벌리고 환하게 미소 지으며 내 집을 당당히 둘러봤다. 마치 원하는 모든 것을 얻은 자처럼 만족스러워 보였다.

"다른 사람 집에 들어온 건 내가 아니라 당신이라는 말이지요."

그러고 나더니 큰 선심을 쓰듯 음식 채널이 틀어져 있는 TV를 가리켰다.

"이건 내 TV고요, 내가 2016년에, 그러니까 2년 2개월 전에 거금을 들여 9 대 16의 황금 비율로 주말에 영화를 보기 위해 구입한 거죠. 이게 정말 당신 겁니까? 모르겠으면 이 리모컨을 잘 봐요. 이게 당신 리모컨 맞습니까? 당신 집 리모컨은 모서리가 둥그스름한데, 이건 그렇지가 않잖아요. 잘 봐요. 모서리가 아주 반듯한 90도라고요."

그가 리모컨을 내밀었다.

"이게 정말 당신 겁니까? 아니죠. 이건 내 거예요. 내 리모컨입니다. 그리고 이건 내 TV고요."

이웃이 득의양양한 표정으로 나를 봤다.

"여긴 내 집입니다."

냄새

거실에 앉아 있는데 냄새가 났다. 기분 나쁜 냄새다. 이상한
냄새가 나지 않느냐고 물었을 때 아내는 아니라고 했지만, 냄
새를 맡아보지도 않고 그렇게 말하는 것이 분명하다. 아내는
요즘 집의 청결 상태 같은 것에 관심을 보이지 않는다. 아들 진
세에게 보이는 관심도 예전 같지 않다. 나에게도 마찬가지다.
연애 시절에 비하면 10분의 1도 관심을 두지 않는다. 우리는
더 이상 전처럼 속 얘기를 나누지도 않는데 심지어 그 점에 대
해서 서운해하지도 않는다.

건성으로 숨을 들이마시는 시늉만 겨우 하고 나서 아내는

도로 소파에 눕는다. 다리를 웅크리자 아내의 부드럽고 말랑말랑한 종아리가 드러나고 하얀 눈꺼풀이 스르르 닫히더니 이내 코를 골기 시작한다. 좋은 꿈을 꾸는 모양인지 입가에는 선착장에 묶인 조각배처럼 잔잔하고 조용한 미소가 걸린다.

소파에 누워 잠든 아내를 향해 걸어가 아내의 몸에 코를 갖다 댄다. 아내의 머리카락, 아내의 어깨, 아내의 가슴, 아내의 다리. 검지손가락과 팔꿈치, 그리고 무릎. 차례대로 코를 갖다 대고 쿵쿵거린다. 무슨 생각에서 그러는지는 나도 모른다. 스스로도 이유를 알지 못한 채 아내의 몸 여기저기에 코를 갖다 대고 숨을 들이쉬어본다.

"당신 지금 뭐 하는 거야?"

실수로 아내의 얼굴을 건드려 잠을 깨우고 나자 민망해지고 만다. 대답할 어떤 말도 떠오르지 않는다.

"지금 제정신이야?"

대답 대신 그런데 아까 보니까 보일러에서 물이 새더라, 물웅덩이가 고였더라, 그래서 걸레로 닦았다고 얘기했더니 아내가 피식 웃는다. 그렇지 않아도 수리 기사 부르려던 참이었어.

아내의 목소리는 한없이 나긋나긋하고 부드럽다. 그러나 어조는 건조하고, 표정은 나를 향해 있지 않다.

아내의 얼굴이 어느새 TV를 향해 돌아선다. 아내의 표정은 화면 속의 인물들과 함께 서서히 바뀐다. 나도 같이 TV로 시선을 돌린다. 어디선가 또다시 기분 나쁜 냄새가 난다.

"정말 안 나? 아무 냄새도 안 나?"

아내가 다시 한번 냄새를 맡는다. 고개를 갸웃거린다.

좋은 냄새만 나는데 당신은 왜 자꾸 그래? 봄 냄새잖아, 꽃냄새. 라일락 아닌가?

방충망을 뚫고 부드러운 봄바람이 들어오자 아내의 얼굴에 환한 미소가 퍼진다. 봄 햇살 한 조각이 아내의 얼굴 위로 떨어진다. 아내의 엉클어진 머리카락이 잠시 허공에서 흩날렸다가 내려앉는다.

가장 아름다운 순간을 포착하기 위해 카메라 셔터가 닫히듯 아내가 눈을 감는다. 그녀가 부드러운 바람의 감촉을 피부로 느끼는 것을 바라보며 나는 잠시, 좀 전까지 내가 쿵쿵거리고 있었다는 것을, 이유를 알 수 없었던 불쾌한 냄새를, 그리고 우리 둘 사이가 예전 같지 않다는 것을 잊는다.

봄은 혼자서 통째로 오지 않으며 언제나 겨울과 여름 사이에 끼어 있다. 지금 이 순간 아내와 나에게 봄은 충분히 찬란하다.

일관되고 불가능한

세 번의 겨울

한 번의 겨울

소설가 임우현을 처음 만난 것은 2014년이다. 서로의 소설을 바꿔 읽고 이야기를 나누기로 했다. 영하의 날씨였고 둘 다 모자 끝에 노란 털이 달린 꽤 두꺼운 점퍼를 입고 있었다. 나는 대개 약속 시간보다 조금 미리 나가 있는 편인데 임우현도 거의 정각에 늦지 않고 나와서, 일단 뭘 먹자, 뭐가 좋을까라는 이야기를 나누며 합정동의 먹자골목 쪽으로 나란히 걸었던 기억이 아직 생생하다. 임우현의 얼굴이 빨갛게 에었던 것, 날씨도 추운데 따뜻한 밥을 먹자, 그래서 실은 나도 이러니저러니 해도 밥이 좋다, 라는 식으로 간간이 이어지던 대화들 같은 것 속에서 나는 아직도 그날의 차가운 공기, 쾌적한 습도, 단단한 겨울나무들, 유리창에 서린 성에, 상점 앞에 얼어 있던 살얼음 같은 겨울의 풍경들을 떠올릴 수가 있다. 임우현을 떠올리면 나는 그 배경에 자연스럽게 겨울을 그려 넣는다.

　그날 임우현이 가져온 작품은 「목견」이라는 단편이었다. 그 소설은 굉장히 흥미로웠고 지금까지 내가 읽은 임우현의 소설 중 가장 좋아하는 작품이기도 한데, 특히 CCTV에 잡힌 아버지가 자기 뒤통수를 만지작거리는 장면 같은 것은 아직도 생생하다. 임우현은 에세이에 관심이 있으며 현실의 어떤 장면들을 배치하는 과정에 관심이 있다고 했다. 나는 임우현이 잡아내는 삶의 디테일들이 마음에 들었고 그의 주제가 나의 주제와 닮은 부분이 있다고 느꼈다. 그와 할 얘기가 많아질 것 같다는 생각을 하면서 유쾌한 마음으로 헤어졌다. 긴긴 시간 소설 얘기를 마친 뒤 우리는 다시 역까지 함께 걸었다. 그가 내 노트북을 들고 있었던 것, 날씨가 너무 추워 그 손이 곱아 있었던 것 같은 것들이 기억난다.

첫인상을 떠올리자면, 그는 매우 예의 발랐다. 이후에도 죽 그랬다. 때로는 지나치다고 느낄 정도로 예의를 지켰다. 이성적으로 행동하려고 노력하는 것이 분명 눈에 보였다.

그러니까 만약에 어떤 자리에서 가장 불편한 의자가 있다면 그 자리에 앉아 있는 게 임우현일 것이다. 괜찮은 식당으로 사람들을 안내하거나, 주문서를 받고 계산을 하고 모인 사람들의 숫자를 세서 n분의 1을 한 뒤 돈을 걷고 있는 그자가 임우현이다. 남들이 고기를 제 입으로 가져갈 때 불판에 얼굴을 들이밀고 땀을 흘리며 집게로 비곗살을 뒤집고 있는 자, 청경채를 먹고 싶다고 해서 듬뿍 담아주었더니 다른 사람의 몫을 제가 더 챙긴 것이 아닌지 불편해하는 이, 먼저 일어난 이들을 일어나 배웅하는 자, 그가 바로 임우현인 것이다.

나는 임우현이 착하다는 말을 하려는 게 아니다. 한눈에 봐도 임우현이 착하지 않을 거라는 걸 알 수 있다. 어딘가 심술도 많고 장난을 잘 칠 것 같고, 냉정한 구석도 분명 있어 보인다. 다만 그는 긴장을 놓지 않는다. 나는 한 번도 그가 구부정한 자세로 앉아 있거나 삐딱하게 서 있는 것을 본 적이 없다. 그가 사람들 앞에서 긴장을 풀지 않는 사람일 거라는 내 예상이 틀렸다면 그는 아마 허리 근육이 굉장히 발달되어 있을 것이다. 둘 중 하나는 분명히 맞다.

나는 임우현에게 말한다. "우린 정말 다른데도 정말 잘 맞는 것 같아요!" 임우현이 대답한다. "그렇다면 그건 우리 둘 중 누구 한 사람의 희생이었을 겁니다." 지면이 한정되어 있어서 그의 배려와 희생에 대해서 일일이 열거하는 것이 낭비라고 느껴진다. 음, 그러니까 누군가 닭을 싫어하면서도 자기가 싫어하는 '닭곰탕'을 꾸역꾸역 먹고 있는 것을 보았다면, 그 사람이 바로 임우현인 것이다. 맞은편에 앉아 있는 이는 그 사실을 모른 채 닭곰탕은 역시 맛있어, 이걸 싫어하는 사람이 있을까, 라고 생각하면서 부지런히 수저를 놀리고.

두 번의 겨울

다음 해 겨울에도 우리는 소설을 들고 만났다. 그날 임우현이 들고 온 소설이「구두」다.「구두」의 경우는 임우현의 전작과 달리 단 하나의 사실을 제외하고는 완전한 허구다. 임우현은「구두」가 자기 소설에서 거의 예외적으로 자신의 경험이 직접 드러나지 않고 꾸며낸 이야기들로 구성된 유일한 작품이라고 말했다. 위 문장에서 '단 하나의 사실을 제외하고'라는 구절은 전적으로 내 표현이다. 나는 그가 제외시킨 단 하나의 사실이 매우 중요하다고 생각하는데 그 사실이 뭔가를 밝히자면 그것은 그가 평소와는 달리 '이성을 잃은 것처럼 보일 만큼 흥분해 있었다'라는 점이다.

그날도 꽤나 추운 날씨였다. 실내에 있는데도 어깨가 오그라드는 기분이 들 정도였다. "어쩐지 글이 잘 써지질 않아요." 원고를 내미는 임우현의 얼굴이 심각했다. 빨갛게 언 귀가 심각한 분위기를 조금 상쇄시켜줬다. 붉은 잉크에 담근 것처럼 손가락 끝마디마다 빨갰다. 임우현은 굉장히 고통스럽게 소설을 뽑아내는 스타일이긴 했지만 그날은 유난히 힘들어했고 심지어는 펑크를 내고 싶다고까지 했다. 하지만 그를 북돋워주는 말을 해줄 수 없었다. 임우현이 들고 온 초고는 어딘가 어그러져 있었고 나는 고개를 저었다. 무언가 잘못되어 있었다. "다시 써요."

임우현은 서교동 어느 카페로, 또 다시 글을 쓰러 들어갔다. 그런데 그 부분에 약간의 혼동되는 지점이 있다. 임우현과 나란히 걸어서 서교동에서 합정역까지 걸어갔던 기억이 있었던 것이다. 내가 맥주 한 병만 마시자고 했고, 그가 거절했고, 그리고 거절한 것에 대해서 미안해한다. 화제를 바꿔 이런저런 이야기를 나눈다. 사실이 아닌 게 분명한데 기억 속에서는 꽤 자세한 디테일들을 가지고 살아 있다.

며칠 후 임우현에게 전화가 왔다. 새벽 2시였다. 잠결에 받았지만 나는 뭔가 이상한 기분을 느꼈는데 그가 무언지 모르지만 좋지 않은 상황에 놓여 있다는 것이었다.

소설은 아직도 쓰지 않았다고 했다. 마감이 지났다는 사실보다 다른 것 때문에 나는 좀 당황했었는데 그날 임우현의 목소리는 평소랑 달랐기 때문이다. 임우현은 평상시에 굉장히 예의를 갖추는 편인데, 그러니까 자기 감정을 드러내기보다는 상황을 살피고 어떤 적절함에서 벗어나지 않는 편인데 그날 임우현은 전혀 그렇지 않았던 것이다. 나는 전화를 건 사람이 임우현인지조차 헷갈렸다. 평소에 논리적으로 차분하게 설명하던 스타일인 임우현은 마치 녹음되어 있는 구절을 반복하는 인형처럼 "화가 난다, 화가 난다"고만 했다. "화가 나요. 너무 화가 나서 참을 수가 없어요."

무슨 일이 있었는지 모르겠지만 나는 처음에 아마 임우현이 마감 스트레스를 받고 있다고 생각했던 것 같다. 소설이 안 써지는 것에 대해 폭발해버린 거라고 여겼던 것이다. 그러나 임우현은 아니라고 했다. 무슨 일이냐고 물으며 속 시원히 대답하지도 않았다. 말하기 싫다기보다는 설명할 상황이 못 되는 것 같았다. 그는 완전히 침몰해 있었다. 계속 화만 내더니 지금 당장 그곳에 찾아가겠다고까지 했다. 아니면 전화를 걸어서 본때를 보여주겠다고도 했다. 나는 그가 그 새벽에 찾아가고 싶다는 곳이 어딘지, 그러니까 본때를 보여주어야 할 상대가 누군지 몰랐다.

실내가 아니라 바깥인 것 같았다. 씩씩거리는 숨소리는 기분

때문이기도 하고, 또 그가 계속 어딘가를 향해—그게 어딘지는 모르겠지만—걷고 있다는 것, 그 속도가 몹시 빠르다는 것 정도를 알 수 있었다. 나는 임우현이 전화를 건 장소가 평소 그가 통화하던 곳이 아니라는 것을 알았다. 집은 당연히 아니고 집 근처도 아니었다. 내가 전혀 모르는 곳. 아무래도 거기가 정말로 그가 찾아가겠다고 한 그곳 같았다. 그는 내게 말하고 있는 것과 달리 실은 이미 그곳에 찾아갔고, 본때를 보여줄 상대가 멀지 않은 곳에, 적어도 눈에 보이는 곳에 있었던 것 같다. 전화 통화만으로도 그걸 분명히 느낄 수 있었다. '그것'이 그와 너무 가까이 있었다.

"돌아가요. 어서 집으로 가요. 지금."

나도 녹음기가 내장된 자동인형처럼 반복했다.

며칠 후에 완성된 것이 「구두」다. 임우현의 말에 의하면 전혀 쓰지 못하다가 하루에 다섯 페이지 정도를 쏟아내는 것을 시작으로 이삼 일 만에 완성했다고 했다.

세 번의 겨울

다시 일 년이 지나 겨울이다. 이 글을 쓰는 지금 조금 이상한 기분이 드는 것은 지금이 또다시 겨울이라는 사실 때문이다. 분명 여름이 있었을 것이다. 여름에도 우리는 만났을 것이다. 하지만 역시 기억이 나지 않는다. 여름에, 임우현을 만나서, 무얼 했더라. 뭘 먹었지. 어디에 갔고, 그가 쓴 소설의 내용은 어떤 것이었나. 전혀 기억을 할 수가 없다.

올해 겨울에 만난 임우현은 역시 두꺼운 파카를 입고 있고 얼굴이 빨갛게 상기되어 있으며 다른 겨울의 그보다 기분이 좋아 보인다. 그는 늘 나쁜 상상을 미리 해서 진짜 그 상황이 왔을 때 충격을 감소하려는 조심스러운 태도를 견지하는 사람이었다. 그는 마음껏 신나 하기보다는 겸손을 잃지 않으려고 애썼다.

이번에는 테이블 위에 소설이 놓여 있지 않고 모처럼 커피와 케이크뿐이다. 우리는 인터뷰어와 인터뷰이로 만나, 지나간 겨울들에 대해서 이야기한다. 한 번의 겨울, 두 번의 겨울, 그리고 그 겨울에 쓰던 소설들.

"「구두」를 쓰던 당시 상황이 궁금해요."

"실은 그즈음 저는 아무것도 쓸 수 없었고, 화가 나 있었고, 멀어지는 사람들과 아주 멀어져버려야겠다는 생각을 했어요. 인생 나 혼자 살겠다, 싸우자, 덤벼라 했죠. 마감 압박이 심했고. 하지만 그것 때문만은 아니고."

"처음 보여줬던 초고 기억나요? 그때 그걸 그대로 내겠다고 해서 내가 말렸던 기억이 선명한데. 물론 나도 남의 초고 얘길 할 처지는 아니긴 하죠. 나는 뭐 그걸 부끄럽다고 생각하지도 않고. 고치는 동안 크게 달라진 점이 있다면 뭐였어요?"

"본래 처음 구상했던 것은 선량한 폭력이랄까. 논리적인 불합리함 같은 것이었어요."

"임우현이 늘 관심 갖고 있던 주제네요."

"선의와 호의가 항상 상대방을 배려하는 것은 아니라고 생각해요. 때로는 의도적인 무관심이 상대를 가장 잘 이해해주는 방식일 수 있으니까. 그런데도 설명하려고 하고 이해시키려고 하고, 내가 너를 배려한다는 점을 드러내고자 하는 게 어떤 선량한 사람들이 가진 불편함이라고 생각했거든요. 그런데 그걸 쓰는 동안 내가 나를 납득시키기 어려운 게 있었는데, 내가 무얼 쓰든 그런 사람들을 비난하는 것처럼 읽었기 때문이에요. 그러면 과연 호의란 정말 아무것도 아닌지 헷갈렸어요. 그러다 보니까 본래 의도에서 벗어나 나도 나쁜데 너는 더 나쁘다 식의 뭣도 아닌 말이 되어버린 것도 같고."

"많이 고쳤는데, 어쩌면 거의 새 소설이 되다시피 했을 정도로."

"음. 그때 쓰던 것 중 「구두」에 남은 장면은 뺨을 맞은 연주를 위로하던 식당 사장. 그것뿐이고 나머지는 죄다 다시 썼어요."

"다 쓰고 나서는 어땠어요?"

"다시 쓰고 나서도, 쓰고 나서 시간이 지나면 대충 감이 오는데. 아 이번에는 꽤 괜찮게 나왔다, 망친 것 같다, 뭐 그런 판단이 드는데 「구두」는 안 그랬어요."

"왜 그럴까요? 아직 그 소설에서 빠져나오지 못한 건가? 말하려 했던 것이 아직 정리가 안 되었나요?"

"감정적이라서 그런 게 아닐까요? 뭔가를 거리를 두고 판단하기에는 그걸 쓰던 내가 너무 감정적이었던 게 아닐까."

"너무 가까이에 있으면 보이지 않으니까."

"대신에 다른 사람들에게서 연락이 왔죠. 새벽에 문자를 받은 일도 있어요. 지금 막 읽고 난 뒤데 정말 좋더라, 그래서 연락하지 않을 수 없었다. 하지만 지금도 잘 모르겠어요."

"좀 조심스러운 질문인데 그 소설 쓸 때 왜 그렇게 임우현이 흥분했는지 물어봐도 돼요? 무슨 일이 있었던 거예요?"

여름

"우리가 처음 만난 것은 여름이라고요."

나는 이 글의 제목을 세 번의 겨울이라고 붙일 생각이었다. 임우현과 내가 처음 만난 것도 겨울이고, 어쩐지 겨울에 만난 것만 선명히 기억나서, 라고 덧붙이자 임우현이 의아하다는 듯 묻는다. 나는 임우현의 얼굴에서 평소와 다른 표정을—어떤 심술궂음을, 전에 그의 얼굴에서 본 일이 없는 낯선 표정을—본다.

"저번에도 말했듯이요."

임우현은 소설가들 몇몇이 모이는 자리에서 우리가 만난 적이 있다고 했다. 그 자리라면 나도 기억하고 있다. 모인 이들 대부분이 초면이었고 돌아가면서 자기소개까지 했었다. 임우현의 말에 따르면 그날 우리가 꽤 진지한 대화를 나누기까지 했다고 했다.

"우리가 무슨 얘기를 했다고요?"

임우현은 그날 옆자리에 앉은 동료의 일에 참견을 했다고 했다—참견이라는 단어는 내가 선택했다—자기가 옆자리에 앉은 사람에게 불필요한 이야기를 해서 상대의 기분을 망쳐버렸다는 것, 그 말이 틀린 것은 아니었으나 옳고 그름과는 별개로 그러지 말았어야 했다는 것, 자신이 완전히 실수했다는 것을 깨닫고 난 뒤에 그는 이미 자리를 떠나버리고 난 뒤였다는 짧은 이야기였다.

"선배는 다 보고 있었잖아요."

전혀 기억이 나질 않는다.

"그 사람이 떠난 뒤에도 우리는 그 문제에 대해서 꽤 오랫

동안 이야길 나눴어요. 물론 선배한테는 전혀 인상적이지 않은 이야기였을지도 모르죠. 굳이 기억해내려고 애쓸 필요 없어요."

나는 임우현에게 들은 이야기를 하나의 장면으로 만들어 그것을 떠올려보려고 애쓴다. 도시 전체가 하나의 거대한 수족관처럼 느껴질 만큼 눅눅한 공기, 조금씩 뜨거워지는 정수리와 따끔거리는 피부. 선풍기 바람이 머리카락을 날릴 때마다 숨통이 트이는 기분. 둥근 나무 테이블과 역시 둥근 모양의 나무 의자. 둘러앉은 사람들의 조금은 지친 기색과 지루함을 감추기 위한 듯 억지로 톤을 높인 웃음소리. 반소매 옷을 입은 사람들 사이에 임우현을 그려 넣어보지만 어쩐지 잘 되지 않는다. 가게 벽에 붙어 있는 포스터와 장식물들의 색을 좀 더 가볍고 화사한 톤으로 칠하고 다시 임우현을 세워보지만 결국은 실패한다. 어떤 이유에서인지 여름의 임우현이란 도저히 떠올릴 수가 없다. 오직 겨울만, 겨울의 임우현만을 기억하고 있다.

"근데 정말 생각이 안 나는 거예요, 일부러 그러는 거예요?"

임우현의 목소리에 약간의 짜증이 배어 있다. 임우현은 우리가 여름에 만나서 여름에 함께한 많은 기억을 되살리기 위해 노력한다.

"그날 말고도 우리는 여름에 수도 없이 만났잖아요. 처음 만났을 때의 사람들이 북적였던 광장, 공원 잔디에 돗자리를 깔고 맥주를 마셨던 것, 다른 몇몇과 함께 과학 강연을 들으러 갔던 일, 생각 안 나요?"

그는 여름의 기억들을 늘어놓는다. 임우현의 얘기들은 나의 다른 기억들과 잘 들어맞는다. 하지만 떠오르지는 않는다. 떠올릴 수는 없다.

"정말 기억이 안 나요?"

임우현이 나를 다그치고 나는 그런 임우현이 낯설다고 느낀다. 원래 임우현은 그런 사람이 아니었으니까. 임우현은 상대가 아니라고 하면 굳이 더 묻지 않는 사람이 아니었나. 뭔가를 우기는 일도 없고 여간해서는 화를 내지도 않았다. 내가 말한 적이 있었잖은가. 만약에 어떤 자리에서 다른 사람을 배려하기 위해서 가장 불편한 자리를 차지하는, 그러니까, 내가 하려는 말은 말이다, 원래 임우현은 그런 말을 하지 않는다는 것. 임우현은 안 그런다는 것. 하지만 그것만큼 웃기는 얘기가 또 있을까. 그게 말이 되나. 그런 설명이 과연 누군가를 설명해주는 말이 될 수 있을까? 임우현은 이렇다, 임우현은 또 저렇다, 그게 대체 임우현에 대해서 뭘 보여줄 수 있다는 말인가. 하지만 그게 아니라면, 그것 말고 다른 어떤 방식으로, 그것이 가능할 수 있을까.

나는 다시 겨울을, 임우현이 자신의 욕망을 좀처럼 드러내지 않는다는 것을 떠올린다. 임우현은 어떤 상황에서든 적절한 자신의 역할을 찾고 그것을 꽤나 능숙하게 수행해낼 줄 안다. 그건 그의 대단한 장점이다.

임우현은 예의 바른 사람이다.

임우현은 불필요한 말을 하지 않는다.

임우현은 어떤 자리에서건 상황을,

임우현에 대해서, 내가, 무슨 말을 하고 싶냐고?

이건 여름에 우리가 만나지 않는다거나 임우현이 반팔을 절대 입지 않는다거나 하는 얘기가 아니다. 겨울을 말한다는 것은 여름을 말한다는 것이고, 그러니까,

내가 하려던 말은,

……어떤 자리에 가면 늘 제일 편안한 자리에 앉아 있는 것이 바로 임우현이라고. 매번 술값도 계산하지 않고 말도 안 되는 핑계를 대며 취한 척 사라져버리는 인간이, 제가 맘에 드는 것만 골라 먹곤 반찬 그릇이 비었는데 빨리 채워주지 않는다고 화를 내는 이가, 상대가 자리를 떠나기가 무섭게 그 사람 험담을 시작하는 그자가 바로 임우현이라니까. 그날 새벽 전화 통화를 했을 때의 그 흥분한 목소리가 바로 그야. 화가 나는 걸 주체하지 못하고 짐승처럼 씩씩거리면서, 당장 그곳에 찾아가겠다고 그는 소리를 질렀어. 자기가 가만히 두고 보고 있지만은 않을 거라고, 지금 당장 가겠다고, 가서 본때를 보여주겠다고.

잔루이지 보누치라는 남자

잔루이지 보누치는 아침 식사를 하기도 전에 달갑지 않은 전화를 세 통이나 받았다. 팟캐스트 출연 요청과 한 출판사의 번역 의뢰, 나머지 하나는 채민우의 동료인 듯 보이는 어떤 여자에게 온 전화였다. 그 여자는 최정화라고 자기를 소개했는데 그동안 잘 지냈냐고 묻는 걸 보면 전에 채민우를 만난 적이 있는 모양이었다. 성격이 급한 모양인지 여자는 곧장 본론으로 들어갔다. 목소리는 들떠 있어서 흥분한 것처럼 느껴졌다. 자기가 채민우의 인상기를 쓰게 되었는데 글의 형식에 약간의 변화를 주고 싶다고 했다. 인터뷰 내용에 허구를 약간 섞어 소설로 쓰고 싶다는 것이었다. 잔루이지 보누치가 왜 그래야 하냐고 묻자 그녀는 그러면 재미있지 않겠느냐고 물었다. 그 형식이 채민우라는 인물을 더 흥미롭게 보이게 할 거라며 흥분해서 떠들기 시작했다.

"왜 그렇게 의욕적이죠?"

잔루이지 보누치는 되도록 담담한 어조로 물었다. 어제 자정까지 지난주에 채민우가 출연한 팟캐스트 방송을 반복해서 들으며 말투를 따라 연습했기 때문에 전보다는 한결 쉬웠다.

잔루이지 보누치가 호응해주지 않자 최정화는 약간 자신감을 잃은 듯 망설였다. 결국 잔루이지 보누치는 그렇게 해도 좋다고 답한 뒤 전화를 끊었다. 실은 아무래도 상관없었다. 인상기에서 채민우라는 인물이 돋보이는 것을 딱히 원하지는 않았다. 책이 주목받는 것은 좋지만, 자신이 스포트라이트를 받고 싶은 생각은 없었다. 귀찮은 일만 더 생길지 모른다. 잔루이지 보누치는 그녀가 인상기를 쓴다는 이유로 아무 때나 전화를 건다면 조금 곤란할 거라는 생각을 했다.

잔루이지 보누치는 인터넷으로 그녀의 이름을 검색해서 얼굴을 익히고 휴대폰의 지난 기록을 살폈다. 최정화가 채민우에게 처음 연락을 한 것은 3년 전 여름이었다. 둘은 20분짜리 전화 통화를 한 통 나누었고 그로부터 일주일 뒤에 최정화 쪽에서 약속을 취소하는 문자가 한 통 와 있었다. 이후로 2년 동안은 기록이 없었고 최근 일 년간은 세 달에 한 번 꼴로 통화 기록이 남아 있었다. 보낸 메시지함을 확인하니 채민우 쪽에서도 최정화에게 몇 번 연락을 했는데, 대부분은 미안하다, 같이 하고 싶지만 사정이 허락지 않아서 어쩔 수 없다, 나도 관심이 있지만 개인적으로 참여하겠다, 지금 번역 중이니 안 되겠고 원고를 끝낸 뒤에 얼굴을 한번 보자 등 문자의 내용은 비슷비슷했다. 최정화라는 동료가 채민우에게 뭔가를 하자고 권했으나 채민우 쪽의 사정으로 만남이 자주 이루어진 것 같지는 않았다. 서너 번 정도는 만나 안부를 나눈 모양으로, 보통은 채민우에 의해서 거리가 유지되어온 것 같았다. 잔루이지 보누치는 크게 신경 쓰지 않아도 되겠다고 생각했다. 그렇지 않아도 최근에 소설집 『머리검은토끼와 그 밖의 이야기들』이 출간된 후 사람들과 접촉할 일이 심심찮게 있었다. 그걸 해결하는 것만으로도 잔루이지 보누치는 충분히 벅찼다.

잔루이지 보누치는 반평생 요리사로 살았지만, 어릴 때부터 문학 쪽에 관심이 있어서 소설을 많이 읽었고, 언어감각이 뛰어나서 요리에 관한 짧은 글들을 번역한 적도 있었다. 하지만 채민우가 번역가로도 활동하고 있는 줄은 전혀 몰랐다. 잔루이지 보누치는 단지 소설가의 삶을—낭만적인 차원에서—꿈꿨다. 현실은 상상과 달랐고, 문제는 채민우가 소설만 쓰는 줄 알았는데 번역에도 손을 대고 있었다는 점이었다. 그는 베스트셀러인『오베라는 남자』의 역자이기도 했다. 잔루이지 보누치는 문학에 대한 선망이 있었기 때문에 크게 스트레스를 받지는 않았다. 오히려 이를 기회로 여기고 고군분투했다. 때로는 번역이 더 즐거울 때도 있었다. 하지만 채민우는 그 두 가지만 하는 게 아니었다. 그는 원래 음악평론가라고 했다. 평론 청탁 메일을 받았을 때 잔루이지 보누치는 소리를 지를 뻔했다. 그가 음악을 잘 몰랐기 때문이기도 하고 여러 가지 일을 동시에 하는 걸 질색했기 때문이기도 하다. 각고의 노력 끝에 음악평론도 겨우 쓸 수 있게 되었을 때 잔루이지 보누치는 몹시 기뻤지만, 속으로는 제발 여기까지만, 이라고 잔루이지는 생각했다. 그는 요리사로 지낼 때보다 잠을 세 시간이나 덜 자야 했다. 몸을 움직일 시간이 부족해서 살이 1.5킬로그램 늘었고 한 달 만에 흰머리가 눈에 띄게 많이 늘었다.

잔루이지 보누치는 채민우와 외모가 거의 흡사했기 때문에 사진을 찍는 정도는 괜찮았지만 개인사가 화제가 되면 식은땀부터 흘렀다. 최정화라는 여자는 생각했던 것보다 골치가 아파서, 사진을 보내달라고 하는가 하면 어린 시절이나 연애 얘기 같은 걸 해달라고 했다. 다행히도 메일로 오가서 정중하게 거절하거나 적당히 둘러댈 수 있었는데—그녀가 생활 패턴을 묻기에 대중없이 불규칙하다고 했다. 사실 잔루이지 보누치는 거의 매일 같은 시간에 같은 일을 하는 걸 좋아하지만, 어쩐지 채민우가 그럴 것 같다고 생각했기 때문에 그렇게 말했다. 그 부분을 쓰면서 잔루이지 보누치는 괜히 뿌듯했다—이후로 잔루이지 보누치는 꾀를 썼고, 불편한 질문이 들어오면 '작가와 작품은 별개의 것'이라며 사적인 얘기를 되도록 삼갔다. 그는 채민우로 살아가는 두 번째 인생이 마음에 들었고 이 기회를 놓

고 싶지 않았던 것이다. 실수가 있어서는 안 되었다.

　최정화는 결국 '만나야겠다'고 했다. 게다가 한 사람을 더 데리고 나오겠다고 했다. 그녀와 함께 나온 이는 임우현이라는 이름의 남자였다. 다시 휴대폰을 검색한 결과 임우현이 채민우의 대학원 후배임을 알 수 있었다. 잔루이지 보누치는 위기를 기회로 활용하기로 했다. 임우현을 만난다면 뜻밖의 소득을 얻을 수 있을지도 몰랐다. 채민우의 대학원 시절에 대해서, 비어 있는 난의 상당 부분을 메울 수 있을 거였다.

　세 사람은 합정역 근처 치킨집에서 맥주를 마셨다. 치킨이 담긴 그릇이 테이블 위에 놓이자, 잔루이지 보누치는 가슴살을, 최정화는 날개를, 임우현은 다리를 집어 들었다. 시작은 유쾌했다. 잔루이지 보누치는 토끼 그림이 그려진 소설집을 두 권 꺼내 나눠주었다. 임우현은 채민우의 소설이 이렇게 재미있는데 반응이 미미한 편이라며 제 일인 듯 분개했고, 잠시 뒤에는 내년에 나올 자기 소설집 얘기만 했다. 분위기는 딱히 나쁘지 않았다. 최정화는 책을 추천해달라고 했는데, 매번 그래온

듯 자연스러워 보였다. 잔루이지 보누치는 자기가 제일 좋아하는 소설, 챈들러의 『기나긴 이별』얘기를 했다.

"저번에 만났을 때도 그 책 얘길 했잖아요."

채민우도 아마 『기나긴 이별』을 좋아했나보다. 잔루이지 보누치는 어쩐지 마음이 놓였다. 최정화는 채민우가 처음 좋아한 이야기가 뭐였는지 궁금한 모양이었다. 잔루이지 보누치는 추리소설을 좋아했다고 약간 망설이며 대답했는데, 옆에 앉은 임우현이 끼어들었다. "맞아, 형은 해문출판사에서 나온 추리소설 전집을 죄다 읽었다면서요?" 잔루이지 보누치는 너무 마음이 놓여서 한숨을 쉴 뻔했다. 최정화는 자기는 사실 책을 많이 읽지 않았고 이야기에 흥미를 느낀 건 TV 드라마인 〈전설의 고향〉이라고 말했다. 대답을 마친 두 사람이 임우현을 바라보자 그는 "양귀자!"라고 대답했는데 잔루이지 보누치는 '양귀자'가 몇십 년 전에 한국에서 아주 유명했던 작가의 이름이라는 것을 나중에 알았다. 그는 그게 청유형 어말어미로, 뭔가를 하자는 뜻인 줄 알았다.

"우리 셋이 나중에 어떤 글을 쓰고 있을지 너무 궁금해요. 지금 얘기한 것과 분명 연관성이 있을 거야."

최정화는 또 흥분하고 있었다.

세 사람은 소설에 대해서 좀 더 얘길 했는데 모두 즐거워했다. 이런 유의 얘기가 나오면 주로 잔루이지 보누치 쪽에서 이야기를 이끌고 갔다. 가끔 최정화가 돌연 사생활을 물을 때 대충 둘러댔던 것 빼고는 꽤 유쾌한 시간이었다. 다만 최정화가 그 점에 대해서 좀 서운해하는 것 같았다. 그녀는 보통 어떤 사람의 이상한 점으로 그 사람을 기억하는데, 채민우, 아니, 잔루이지 보누치에게서 이상한 점을 찾아볼 수가 없다고 툴툴거렸다.

"팟캐스트에 나갔을 때도 그래요. 사적인 얘기는 하나도 안하고 소설 얘기만 주구장창 했잖아요. 왜 그랬어요?"

"나는 사람들이 나를 궁금해한다고 생각 안 해요. 내 작품이 궁금해서 나를 부른 거니까 작품 얘기를 한 거지."

잔루이지 보누치는 최정화라는 여자가 방송에 대고 자기 얘기를 막 떠들어대지는 않는지 갑자기 염려스러웠다. 고작해야 나이가 서너 살 정도 더 많을 뿐이지만 어쩐지 옛날 자기, 아니

잔루이지 보누치 자신 같아서 따로 일러주고 싶었다.

"사생활을 보호해야 할 필요가 있어요."

"하지만 민우 씨는 너무 점잖아요. 너무 세련되고, 담담해."

"위악보다는 위선 쪽이 언제나 더 낫다고 생각해요."

최정화가 고개를 끄덕였다. 갑자기 그녀의 눈빛이 쓸쓸해 보였다. 하지만 그녀는 더 이상 가만히 있지 않았고 갑자기 사진을 찍겠다면서 셔터를 누르기 시작했다. 뭔가 어색해서 생각해보니까 한국에 온 뒤에 처음 찍는 사진이었다. 그녀는 사진을 몇 장 찍은 뒤에 어떤 것이 제일 마음에 드는지 물었다. 잔루이지 보누치는 환하게 웃는 사진을 고르고 싶었지만, 되도록 정면 사진은 피하는 게 좋겠다고 생각했다. 고개를 옆으로 돌리고 시선을 아래로 향하고 있는 사진을 가리켰다. 잔루이지 보누치는 채민우와 상당히 닮았지만 콧방울 부분만은 미묘하게 달랐기 때문에 그 부분을 들키고 싶지 않았다.

세 사람은 음악 얘기를 좀 더 했다. 이번에도 잔루이지 보누치가 이야기를 이끌고 갔고, 세 사람 모두 즐거웠다. 최정화는 잔루이지 보누치에게 바이올리니스트인 힐러리 한을 떠올리게 하는 구석이 있다고 말했다. 시종일관 흐트러짐이 없이 균형감각을 유지하며, 자기 연주에 빠져들지 않는 냉정한 구석이 있다는 것이다.

"하지만 차가워 보이는 건 아니고요. 은근하지만 따뜻함이 느껴져요."

자기가 한 말이 마음에 걸렸는지 헤어지기 전에 그녀가 덧붙였다.

집에 돌아온 잔루이지 보누치는 그날 임우현에게 들은 몇 가지 이야기를 수첩에 적었다.

제주도에서 나고 자랐는데, 부모님은 아빠 쪽은 공무원, 엄마 쪽은 선생님. 꽤 어릴 때부터 음악과 책을 접했다. 딱히 굴곡이 있는 삶은 아니었다. 사고를 친 적이 없다. 대학에서는 서양사를 전공했다. 대학원 시절 별명은 소설 쓰는 거푸집이었다. 다들 그가 그렇게 늦게 등단한 게 이상하다고 생각할 정도로 학교에서는 유명한 사람이었다. 딸바보라는 놀림을 당할 정도로 딸을 사랑한다…….

기억나는 것을 수첩에 다 적고 나서, 잔루이지 보누치는 오랜만에 일찍 잠에 들었다. 그러고 보니 동료를 만난 것이 꽤 오랜만의 일이었다. 최정화는 질문이 너무 많지만 임우현은 앞으로 자주 만나도 좋을 것 같았다. 가끔은 움직여야 해. 잔루이치 보누치가 두 손으로 얼굴을 쓸어내리며 중얼거렸다. 채민우로 산다는 것은 곧 의자에 앉아 있는 걸 뜻했다. 내일은 번역을 마무리해서 넘겨야 했다. 잔루이지 보누치는 의자에 앉아 채민우로 살다가, 어느 날 의자에 앉은 채 죽게 되는 장면을 곧잘 떠올렸다.

그날 채민우가 잔루이지 보누치의 제안에 솔깃해한 것은 어쩌면 소설이나 비평이나 다른 무엇 때문이 아니라 단지 의자로부터 탈출하고 싶었기 때문일지도 몰랐다. 결정을 내리기까지 한 달이나 고민한 것은 아마 그가 끔찍이 사랑했던 딸 때문이었던 것 같다. 잔루이지 보누치는 한 번도 보지 못한 그 아이의 얼굴이, 몹시 그리웠다.

셋이 만난 뒤 이틀이 지났을까, 최정화, 그 여자가 또 메일을 보냈다. 최정화는 이전에 만났을 때와 마지막으로 만난 날 잔루이지 보누치의 모습이 어딘가 달랐다고 말했고—당연했다. 그 둘은 다른 사람이었으니까—'그런데 마지막으로 만난 날, 정말 좋았어요'라고 써서 보냈다. 잔루이지 보누치의 입가에 자신도 모르는 새에 미소가 떠올랐다. 어쩌면 아직 채민우를 네 번밖에 만나보지 않는 그녀 쪽이, 잔루이지 보누치에게는 더 좋은 친구가 될 수 있을지도 모른다는 생각이 들었다.

Q : 민우 씨가 가장 힘든 시간은 언제인가요?

A : 있지도 않는 비상금을 찾아 옷을 뒤지는 기분으로 글을 쓸 때.

잔루이지 보누치는 그 문장을 쓰면서 어쩐지 마음이 편안해졌다. 물론 '소설은 내게 아직 익숙하지 않고, 그래서 노력을 많이 기울여야 하니까요'라는 문장은 마음에 묻어뒀지만. 그렇게 털어놓고 나니 괜히 안심이 되었다. 세상에 완전한 거짓이 있을까. 반대로 세상에 완전한 진실이라는 게 있을까. 뭐 그런 생각들을 했다.

Q : 그럼 민우 씨가 가장 행복할 때는요?

A : 가끔이지만 해 뜨기 전에 일어나서 인스턴트커피를 끓여 마실 때 괜히 부지런해진 느낌이 듭니다.

잔루이지 보누치의 입가에 잔잔한 미소가 떠올랐다. 이탈리아에 있는 요리점의 주방에서 커피를 내리던 어느 날 새벽이 생각났기 때문이다. 잔루이지 보누치는 어디선가 커피 향을 맡았다. 주방의 식탁에서 풍겨오는 냄새. 이 냄새는 어디에서 무엇을 하든 지속적으로 맡아온 것이었고, 그것이 그를 잔루이지 보누치 자신처럼 느끼게 했다. 그는 가끔 자신이 진짜 채민우라고 느꼈다. 채민우의 점잖음이 진저리 나기도 했지만 대체로는 만족스러웠다. 고작 한 달 만에 그는 과거 자신이 모습이 아주 멀리 있다고 느꼈다. 과거의 잔루이지 보누치가 떠오르면 눈물이 날 때도 있었고 허공에 대고 깔깔 웃기도, 머쓱해지기도 했다. 잔루이지 보누치의 인생이란 시행착오 그 자체였으니까. 그는 많은 여자들의 애정과 분노를 샀고 마지막으로 일하던 직장에서는 사장에게 주먹질을 하고 쫓겨났다. 그에 반해 채민우라는 이 소설가의 삶은 레스토랑에서 순서대로 나오는 디너 같았다. 여러 가지 일들이 뒤섞이지 않은 채 계획적으로 순서대로 차근차근 진행되고 있었다.

채민우로 산다는 것. 그것은 좀 더 견고한 그릇에 담긴 기분이었다. 잔루이지 보누치는 탄성을 지르며 뛰어오를 일에 채민우는 조용히 미소를 지었다. 문장을 끝낼 때는 시작할 때와 같은 음을 유지했고 멍한 눈으로 멈춰 서거나 지나친 속도를 내지도 않았다. 처음 채민우로 살 때 그의 삶이 너무 밋밋하고 단조롭다고 느꼈지만 어느새 이 방식에 자신도 모르게 익숙해져 있었다. 왜 삶이 꼭 격정적이어야 한다고 생각했을까. 뜨거운 것이 아니면 거짓이라고 생각했을까. 왜 그렇게 화를 내고 목소리를 높이고 상대가 부담을 느낄 만큼 가까이 갔을까. 실수를 하고 이상한 모습을 보거나, 보여야 안도했을까. 잔루이지 보누치는 고작 한 달 만에 채민우의 담담한 세계를 사랑하게 되었다. 그가 세상을 사랑하는 방식과 온도를 이해할 수 있

을 것 같았다. 소설을 쓰거나, 다른 언어로 된 소설을 옮겨 쓰
거나, 앉은 채로 음악을 듣고 그 음악에 대해서 쓰면서, 의자에
앉은 채로 죽어도 그게 더 이상 나쁘다고 할 수는 없을 것 같았
다. 그는 자신이 전에는 완전히 거부했던, 이해하려고 하지 않
았던 타인의 삶 하나를 비로소 받아들이게 된 것 같았다. 잔루
이지 보누치는 최정화에게 답메일을 보내면서, 처음으로 농담
을 곁들였다.

"보내준 사진은 잘 봤어요. 그런데 내 모습이 꼭 내일모레 심
장사 해도 이상할 것이 하나 없는 이탈리아 요리사 같지 않아
요?"

수리공

누군가 집을 엉망으로 만들어놓았다. 커튼은 가위질을 해 넝마 조각이 되었고 벽의 군데군데 못이 박혀 있었다. 벽지에는 붉은 페인트로 낙서가 되어 있었고 창문은 깨졌다. 소파의 가죽은 엑스 자로 칼집이 나 누런 스펀지가 보였다. 달력은 뒤집혀 걸렸고 변기 안에 식기가 버려져 있었다. 접이식 식탁의 다리는 분질러져 있고 창문에 달린 방충망은 칼로 그어 사등분된 채로 바람에 날리고 있었다. 여느 날과 다를 바 없이 출근을 했다가 돌아왔을 뿐인데 모든 게 엉망이 되어 있었다.

아무리 생각해봐도 누군가에게 원한을 살 만한 일을 한 적은 없었다. 누군가 집을 잘못 찾아온 것 같았다. 전에 살던 이를 찾아온 사람의 소행일지도 모르겠다. 어쨌든 그는 내 손님이 아니다. 억울했다. 휴가의 첫날을 이렇게 시작하게 될 줄은 몰랐다.

전화벨이 울렸다. 모르는 번호였다. 벨소리가 두 번 울렸을 때 통화버튼을 눌렀다.

"1302호시죠?"

나이를 짐작할 수 없는, 조금 쉰 듯한 거친 목소리였다. 나는 선뜻 '그렇다'라고 대답도 하지 못한 채로 핸드폰을 들고 있었다.

"도움이 필요하실 것 같아 전화드렸습니다만."

사내는 한 보따리 짐을 가지고 등장했다. 키는 땅딸막했고 피부는 햇볕에 보기 좋게 그을려 있었다. 온몸에 단단한 근육이 오랜 세월 동안 노동을 한 흔적처럼 자리 잡고 있었다. 새까만 곱슬머리 위에는 짚으로 된 모자를 쓰고 있었다.

일단 오라고 하긴 했는데 처음 겪는 일이라 어리둥절한 상태였다. 어디서부터 어디까지 도움을 요청해야 할지도 알 수 없었다. 반대로 사내 쪽에서는 이런 일이라면 매우 익숙하다는 듯 자연스러운 태도였다. 현관 앞에 짐을 세워두고 두 손을 탁탁 털더니 모자를 벗어 보따리 위에 던져놓았다. 이마에 맺힌 땀을 손바닥으로 닦아 바지에 문지르며 말했다.

"근처 밥집에서 식사라도 한 끼 하고 오시죠. 그동안 견적을 내고 집을 정리하고 있겠습니다."

가벼운 제안이었지만 어딘가 거역할 수 없는 명쾌함이 묻어 있었다. 사내는 집 안 구석구석을 위아래로 훑어보며 코를 킁킁거리기 시작했다. 마치 마약 전담반의 훈련견 같은 태도였다. 그는 눈동자를 이리저리 굴려 집 안의 상태를 확인하며 한숨을 쉬기도 하고 고개를 갸우뚱거리기도 하고 숨 쉬는 것도 잊고 아랫입술을 내민 채 골똘히 생각에 잠기기도 했다. 그러면서 끊임없이 코를 킁킁거렸다. 그 소리가 귀에 거슬렸으나 그것도 작업의 일환인 것 같아서 뭐라고 핀잔을 줄 수도 없었다.

"이런 경우를 나는 많이 봐왔지요."

"이런 일이 다른 사람들한테도 일어난다고요?"

"흔히들 있는 일입니다. 말들은 안 했지만 다들 이런 경험을 한 번쯤 한 적이 있다니까요. 지지난달에도 나는 이 옆 건물을 수리했지요. 아가씨였는데, 작업하는 내내 훌쩍거리는 통에 귀가 시끄러워서 도통 집중할 수가 없었어요."

그가 고개를 절레절레 저었다.

"대체 어떤 인간들이 이런 일을 저지르는 거죠?"

"글쎄요."

수리공은 자기가 상관할 바가 아니라는 듯 살짝 어깨를 올렸다가 내렸다. 상황에 걸맞지 않는 경쾌한 몸놀림이었다.

무작정 발걸음이 닿는 대로 걸어 도착한 곳은 2주에 한 번씩은 들르곤 하는 밥집이었다.

"어머머, 살아 계셨구만."

유리문을 열고 들어가자, 안주인이 화색을 하며 나를 반겼다.

"그럼, 살아 있다마다요. 지난주에도 들르지 않았습니까? 백반 한 상을 깔끔히 비워낸 것을 아직까지 선명하게 기억하고 있는데요."

"그건 그런데. 자네가 죽었다는 소문이 돌아서 말이야."

"제가 죽어요? 거, 별일이네."

그녀는 내 말에 고개를 찬찬히 끄덕였다. 고개를 끄덕일수록 납득하지 못하겠다는 듯 점점 표정이 어두워졌다.

"뭘 드릴까?"

"예, 쇠고기죽으로 한 그릇 부탁드립니다."

나는 테이블에 자리를 잡고 앉았다.

잠시 후 안주인이 주방에서 쟁반에 쇠고기죽을 담아 왔다. 반찬은 오징어젓갈과 배추김치였다. 테이블 위에 그릇들을 차려놓고 그녀는 황급히 카운터로 돌아갔다.

나는 입김을 후후 불어가며 뜨거운 죽을 먹기 시작했다.

"주인 양반은 어디 마실이라도 가셨습니까?"

"몸이 아파서 누워 있어."

"많이 편찮으신가봐요."

허겁지겁 상을 비운 뒤 계산을 하려고 지갑을 열었다. 안주인은 손사래를 치며 돈을 받지 않았다.

"계산은 됐고, 어서 집으로 돌아가게."

"왜 돈을 안 받으세요?"

"그동안 매상을 많이 올려줬으니, 오늘은 돈을 받지 않을래."

"그러실 것 없어요. 식사를 했으니, 돈을 내는 게 당연하죠."

안주인은 한사코 돈을 거절했다. 그동안 가게를 찾아준 보답이라는 것이다. 그녀는 출입문을 가리키며 말했다.

"어여 가셔."

밖은 숨이 막힐 것 같은 더위였다. 채 몇 분 지나지 않아 정수리 부근이 뜨끈하게 달아올랐다. 간헐적으로 뜨거운 바람이 불어왔다. 땅에서 복사열이 올라와 발바닥은 따갑고 엉덩이는 후끈했다. 바로 앞에 있는 가로수가 꾸물꾸물 움직이는 것처럼 보였다. 그러고 보니 펜션 예약을 취소하지 않았다.

사내는 현관문을 활짝 열어놓고 문을 고치고 있었다. 바닥에는 원래 자물쇠 장치가 떨어져 있었다. 번호 키를 새것으로 다시 설치하는 중이라고 했다.

"이제 이것만 새로 달면 끝이 납니다."

사내는 드라이버를 들고 기기를 설치했다. 이마에서 땀이 줄줄 흘러내렸다. 티셔츠의 목둘레에서 가슴 부근까지 축축하게 젖어 있었다.

"완전히 망가져버렸네요. 고칠 수 없어요. 새것으로 교체하는 수밖에는요."

그는 그렇게 말하면서 계속 코를 킁킁거렸다. 나는 그 소리를 점점 더 참기 힘들었다. 사내는 곤란한 표정을 짓고 있는 내 얼굴을 물끄러미 쳐다보았다.

"그렇게 서 있지 말고 들어가지 그래요."

나는 남의 집에 방문한 손님처럼 다소곳이 현관 앞에 섰다. 집은 아주 깔끔하게 정돈되어 있었다. 하지만 내 집이라는 생각은 들지 않았다.

"왜 들어가지 않고 거기 서 있습니까?"

나는 엉덩이를 긁적이며 소심하게 대답했다.

"어쩐지 낯설어서요."

"남의 집 같죠?"

그렇게 말하면서 사내가 씨익 웃었다. 마치 내 인생에 대해서 자기가 더 잘 알고 있다는 미소였다. 순간 사내의 뭔가가 달라졌다는 생각을 했다. 입고 있는 옷도, 헤어스타일도, 모두 똑같았지만 어딘가 달라진 구석이 있었다. 나는 고개를 갸웃거리며 집 안으로 들어갔다.

창가에 있던 소파는 거실의 왼편 화장실 옆으로 옮겨져 있었다. 가죽의 찢어진 부위를 정교한 솜씨로 꿰매어놓았다. 나는 소파에 앉아 벽에 머리를 기댔다. 맞은편 벽에 못 보던 그림이 걸려 있었다. 낙서를 지우지 못해 그림으로 가려놓았나 보았다. 수십 마리의 비둘기 떼가 바닥에 앉아 모이를 쪼아 먹고 있는 그림이었다. 그림의 소재도, 구도며 색감 또한 마음에 들지 않았다. 창가로 다가가 커튼을 젖혔다. 새로 갈아 끼운 유리창이 번쩍였다. 창문을 열었다. 후텁지근한 공기가 한꺼번에 거실 안으로 밀려들어왔다. 한 번도 맡아보지 못한 기묘한 냄새가 콧속으로 들어왔다. 나는 얼굴을 찡그렸다. 냄새가 불어오는 방향으로 고개를 돌렸다. 그곳에는 사내가 서 있었다. 순간 달라진 게 무엇인지, 나는 정확히 알 수 있었다. 이렇게 말하면 좀 이상하게 생각되겠지만, 그는 조금 젊어져 있었다.

생각보다 시간이 얼마 지나지 않아 수리는 끝났다.

"얼마죠?"

사내는 오른손을 들어 활짝 폈다. 그리고 몇 초간 멈추었다

가 다시 손가락을 네 개 펴 보였다.

"만 원을 깎아드린 겁니다."

그는 그렇게 말하면서 검지손가락 끝으로 엄지손톱을 두어 번 문질렀다. 나는 지갑을 열어 만 원짜리 지폐 아홉 장을 꺼냈다. 그는 지폐를 받아 왼손에서 오른손으로 천천히 한 장씩 넘겨 액수를 확인하고 나서 허리춤에 달린 작은 백에서 수첩과 볼펜을 꺼내 숫자를 적었다. 그리고 돈과 수첩, 볼펜을 다시 허리춤의 백 속에 넣고 지퍼를 닫았다. 마지막으로 오른손으로 지퍼를 한번 움켜쥐어 두둑한 양감을 잠시 즐기고는 뒤돌아 골목 끝으로 사라졌다.

유쾌한 기분으로 집을 둘러보았다. 모든 것이 말끔하게 제자리로 돌아와 있었다. 환기를 시킬 생각으로 창을 열었다. 그러다 문득 천장에 있는 대못을 발견했다. 나는 사내에게 전화를 걸었다.

"아직 작업이 안 끝난 것 같은데요."

"무슨 말씀이신지?"

"천장에 커다란 못이 하나 나와 있네요. 저걸 뽑고 벽지를 발라서 저걸 가려주셨으면 합니다."

"아, 못 말입니까?"

사내는 망설이고 있는 것 같았다. 긴 침묵이 흘렀다.

"전 이미 돈을 충분히 지불했고 이 정도를 요구하는 것은 당연하다고 생각합니다."

잠시 후 그가 찾아왔다. 서둘러 왔는지 숨을 가쁘게 내쉬고 있었다. 한 손에는 모자를 다른 한 손에는 보따리를 들고 있었다. 보따리를 내려놓고, 그 위에 모자를 얹었다.

"직접 할 생각이 없으시다는 거죠?"

사내는 보따리 쪽으로 걸어가며 되물었다. 물건을 꺼내자 보따리가 바닥으로 스르르 쓰러졌다. 사내가 꺼내 든 것은 밧줄이었다.

"사람들이 어째서 이 정도 일도 스스로 할 생각을 하지 않는 건지 모르겠단 말이야."

그가 내게 밧줄을 내밀며 말했다.

"직접 하시죠."

"네?"

"네 손으로 직접 목을 매달으라고, 이 새끼야."

　사내는 한 발자국씩 나를 향해 걸어왔다. 나는 주춤주춤 뒤로 물러섰다. 상황을 이해해보려고 애썼지만 돈을 지불하고 일을 시켰을 뿐인데 왜 이런 꼴을 당해야 하는지 영문을 알 수 없었다. 그러고 보니 나는 사내가 어떻게 내 집 전화번호를 알고 있었는지도 묻지 않았다.
　"당신 누구야?"
　말을 하는 동시에 질문이 너무 늦었다는 걸 깨달았다. 창턱에 엉덩이가 가볍게 부딪혔다. 두툼하고 억센 손이 가슴을 떠밀었다. 나는 저항 한번 제대로 하지 못한 채 창문 밖 허공으로 떨어져 내렸다.

실험군

새벽에 깨어 화장실에 가다가 커튼이 쳐진 거실의 한구석에 누군가 웅크리고 있는 것을 보았다. 나는 처음에 그게 누구인지 알아보지 못한 채 자리에 멈춰 서서 어두컴컴한 그 무언가를 향해 누구세요? 라고 물었다. 지금 생각해보면 그건 분명 얼빠진 짓이었다. 그것이 나에게 대답을 해주리라고 생각하다니 잠이 덜 깨었든지 무의식중에 무언가가 집에 침입한 거라고 생각했든지 둘 중 하나가 분명하다. 그게 아이나 남편이었다면 나는 존댓말을 할 필요가 없었을 것이고 누군가 집에 들어온 거라면 내가 그렇게 묻는다고 해서 순순히 자기가 누군지 대답할 리가 없는데도 말이다. 입에서 누구세요, 라는 말이 너무도 자연스럽게 튀어나왔다. 나는 전혀 놀라거나 당황하지 않았다. 엘리베이터에서 아랫집 여자와 마주쳤을 때처럼, 아니 그보다 아침에 아이의 방문을 열었을 때 침대 위에 누워 있는 영우를 볼 때와 마찬가지로 자연스러웠다. 왼손은 어둑한 형체를 향해 뻗어 있었으며 내 목소리는 어둠 속에 웅크린 것을 어르기라도 하듯 나긋나긋하고 부드러웠다. 그림자는 성인의 키 반절 정도로 몸집이 크고 늘씬한 사냥개와 같았고 그 형체는 분명 두려움을 주었지만 테라코타 조소 작품처럼 매력적이었다.

전혀 움직이지 않을 것 같던 형체가 서서히 상체를 일으켜 몸집을 부풀렸을 때 나는 손을 뒤로 감추었다. 허리를 펴고 완전히 일어선 그것은 남편의 실루엣을 하고 있었다. 나는 벽을 더듬어 스위치를 눌렀다. 형광등이 켜지자 남편은 갑자기 밝아진 조명 탓에 눈을 찌푸렸다. 순간 드러난 남편의 얼굴은 예상하지 못한 자리에 놓인 물건처럼 나를 당혹케 했다. 잠에서 완전히 헤어 나오지 못해 그때까지 지속되었던 나른하고 은근한 분위기를 한순간에 거두어갔다. 남편의 얼굴을 본 나는 뒤로 한 발 물러섰는데 남편은 자기 손에 쥔 것에 집중하느라 눈치채지 못한 것 같았다.

　남편 역시 나를 보고 놀란 것 같았다. 내가 바나나로 눈을 돌리자 그의 손에서 바나나가 스르르 미끄러졌다. 그것은 마치 커다랗고 무거운 꽃이 바닥에 떨어지듯이 수직으로 모노륨 바닥에 떨어졌다. 둔탁한 소리가 들렸을 때 나는 내가 숨을 참고 있다는 것을 알았다. 나는 큰 숨을 들이마신 뒤 바나나를 주워 들었다. 그걸 다시 남편의 손에 쥐여주려다가, 무슨 이유에서인지 거실의 테이블, 스티로폼 접시 위에 올려놓았다. 지금 생각해보면 나는 남편과 몸이 닿게 되는 것이 싫었기 때문에, 단지 그걸 피하기 위해서 테이블 위에 바나나를 올려놓은 것 같다. 물론 이건 어디까지나 추측일 뿐이다. 사람들은 왜 자기가 그런 행동을 하고 있는지 하게 되었는지 끝끝내 모르는 경우가 더 많으니까. 스스로 갖다 붙인 이유들이야 있겠지만 그럴듯하게 자신에 대해 변명을 늘어놓는 것에 지나지 않는다.

　적막한 그 밤중에 남편이 거실에 나가 아들의 숙제에 필요한 바나나를 들고 뭘 하려는 건지는 몰랐지만 적어도 그가 왜 그랬는지는 알아차릴 수 있었다.

남편은 영우의 과제를 망칠 작정이었다.

그 점에 대해서 나는 확신할 수 있다.

바나나는 아이가 방학 숙제로 관찰 일지를 작성하고 있는 실험군이었다. 바나나 두 개를 포일에 싸서 똑같은 곳에 보관하며, 하나에는 사랑한다는 말을, 나머지 하나에는 싫어한다는 말을 들려주면서 변화하는 상태를 관찰한다는 간단하면서도 흥미로운 실험이었다.

실험의 소재를 결정한 것은 남편이었고 진행 과정에서도 그는 아이보다 적극적이었다. 심지어 아이가 바나나를 향해 사랑해, 라고 말했을 때 남편은 아이가 진심으로 그렇게 하고 있지 않으며, 그렇다면 제대로 된 실험 결과를 보장할 수 없을 거라고 나무랐다. 아이는 남편의 눈치를 보며 바나나 가까이에 입을 대고 다시 한번 마음을 집중하여 사랑해, 라고 속삭였지만 이번에도 남편의 마음에는 들지 않은 모양이었다. 이제 남편은 자신이 직접 시범을 보이겠다고 나섰다.

남편이 바나나에 얼굴을 가까이 대고 사랑한다고 말했을 때 남편을 향했던 안타까움이나 쓸쓸한 마음이 한순간에 모조리 사라져버렸다. 바나나에게 사랑을 고백하는 남편의 모습은 우스꽝스럽기 그지없었다. 하마터면 웃음을 터뜨릴 뻔했다. 급히 싱크대를 향해 돌아서서 입술을 깨물지 않았더라면 아마 소리 내어 웃어버리고 말았을 것이다. 건조대에서 접시를 꺼내 물에 헹구는 시늉을 하며 수도꼭지에서 흘러나오는 물소리가 남편을 향한 조소를 가려주길 바랐다.

남편은 원래 그런 작은 일에 진지하게 구는 성격이 아니었다. 대범하다고는 할 수 없어도 건강하고 활달한 체질이었던 남편이 이렇게 된 데에는 6개월 전에 회사를 그만둔 사실이 분명히 작용하고 있을 것이다. 남편은 한동안 나와 아이 외에 다른 사람들을 만나지 않았다. 외출이라고 해보았자 영우를 데려다주러 버스 정류장까지 나가는 일이 전부였고 마트에 장을 보러 가는 것을 제외하면 근처 공원에 나가는 일조차 없었다. 점점 더 내성적으로 변해가는 남편의 모습을 보며 나는 자연스럽게 삼촌을 떠올릴 수밖에 없었는데, 대학생 때까지 매우 사교적이었던 그가 무슨 이유에선지 방에서 나가지 않고, 아름답던 외모가 점점 망가지면서 나중에는 괴팍한 성격으로 변해버린 그 일을 결코 잊을 수 없었기 때문이다. 아버지와 삼촌 사이에서 일어난 작지 않은 불화 때문에―우리 집 거실에서 활극이 벌어졌던 그 한낮의 일을 아직도 어제의 일처럼 생생히 기억하고 있다―나는 이후에 삼촌을 직접 만난 적이 없었고 그가 결국에는 집을 떠났고 일면식이 없는 어떤 이의 목숨을 빼앗은 살인범으로 지목된 후 실종되었다는, 어떤 사람들이 몰골이 황폐해진 그를 거리에서 보았다는 소문만을 겨우 전해 들을 수 있었다. 믿을 수 없는 이야기였다. 사람들은 자기와 관련이 없는 일이라면 아무리 괴팍하고 끔찍한 일에라도 가벼운 흥미를 느끼며 심지어는 아무 죄책감도 없이 잔인할 정도로 이야기를 부풀리기 마련이므로. 나는 삼촌이 살인자가 되었다는 그 이야기를 믿지 않았다. 하지만 살인자가 된 삼촌의 이미지는 오랫동안 머릿속에 남아 꿈속에서 나를 괴롭혔다.

　나에게 그 사람들을 비난할 자격이 있을까.

　나 또한 그들과 다를 게 뭔가. 입 밖에 내어 말로는 하지 않는다 해도 남편에 대해서 이렇게 자꾸만 이상한 상상을 하는 것은 자기가 직접 보지도 못한 삼촌의 이야기를 천연덕스럽게 부풀려 떠들어댄 그 사람들과 다를 게 없다.

남편은 단지 실직자일 뿐이다. 삼촌의 경우와는 엄연히 다르다. 삼촌에게는 그와 비교할 수 없는 더 많은 사연과 환경, 조건, 게다가 친부의 병력이라는 결정적인 요소가 있었다. 반면 남편의 경우에 원인이 될 만한 요인으로 작용할 만한 것이라고는 단 하나, 사직이라는 상황으로 명확했다. 남편은 단지 너무 집에 오래 있었기 때문에 약간 신경증적인 상태가 되어가고 있을 뿐이다. 합격 통지 전화 한 통이 언제든 그를 완전히 다른 사람으로, 과거의 그로 되돌려줄 것이다.

지금의 그에게는 무엇보다 규칙적인 생활이 필요하다. 나는 간절히 그러길 바랐다. 하지만 그런 말을 하는 것이 남편에게 압박감을 주는 것 같아서 그저 내가 알고 있는 누구누구가 새로 운동을 시작했는데 그렇게 효과가 좋다더라, 하는 식으로 가볍게 언질만 던질 뿐 의견을 직접 전하기는 어려웠다. 나는 남편이 제발 몸을 움직이기를, 바깥공기와 햇볕을 쬐기를 바라고 바랐다.

하지만 남편은 내가 그렇게 말할 때만 으응, 으응, 하며 건성으로 대꾸할 뿐 외출할 생각 같은 건 하지 않는다. 남편의 눈가에 다크서클이 짙어지며 얼굴빛도 점점 더 누런색에 가까워져 간다. 조금이라도 퉁명스럽게 말을 건넸다간 즉시 공격적 언사가 되돌아온다. 나는 그가 어서 직장을 잡고 자기 나이에 맞는 사회 활동을 하면서 타인과 충분히 교류하는 예전의 모습으로 되돌아가기를 바랐다.

하지만 남편은 이후 석 달이 더 지나도록 지원 이력서를 보낸 어떤 기업에서도 답 메일을 받지 못한다.

남편이 영우의 숙제를 망치려 한 것이 분명하다는 내 확신은 완전히 그른 것이었다. 나의 짐작처럼 그가 아이를 질투한 것은 아니었으나 반대로 아이를 배려한 것도 아니었다. 다만 그는 실험이 자기의 예상대로 진행되기를 바랐다. 원망의 말을 들은 바나나가 예상한 속도로 뭉그러지지 않아 초조해진 그가, 사랑의 말을 들은 바나나 쪽을 새것으로 바꾸어 좀 더 싱싱한

노란빛을 띠도록 결과를 조작하려고 했던 것이다.

그 행위는 그의 불안감을 상당 부분 덜어주었던 것 같다. 상황을 통제해서 자기가 원하는 결과를 산출해낼 수 있다는 만족감을 얻는 것 말이다. 만일 남편이 인류의 더 나은 생활에 일말의 영향이라도 미칠 대단한 과학 실험을 하고 있었다면 나는 결과를 조작하고자 하는 그의 빗나간 욕망에 대해서 일말의 공감을 표했을지도 모른다. 하지만 그것은 정작 본인은 큰 관심을 두고 있지 않은 십대 꼬마의 방학 숙제에 불과했다. 되도록 남편을 이해하고 싶었지만, 그 이해라는 것이 어떤 방식으로 가능한지 나는 끝끝내 방법을 찾지 못했다.

어쨌거나 남편의 이 불가해한 집착 속에서 영우의 바나나 실험은 무사히 완성되었다. 영우는 학급의 최우수 과제상을 탔다. 교실 뒤쪽 벽에 가로로 길게 세워놓은 전시대의 정중앙에 영우의 바나나 실험군에 대한 보고서가 올랐다. 최우수 과제상을 수상한 이에게는 초등학교 고학년용 과학 실험 재료 세트가 부상으로 주어졌고 아이는 교단에 올라 아이들의 박수를 받았다.

담임이 보낸 사진 속에서 영우는 평소보다 의젓해 보였다. 나는 그 사진에서 숙제가 하기 싫어서 매번 달래고 혼내야 겨우 연필을 드는 내 장난꾸러기 아들이 아니라 한 낯선 아이, 의 젓한 아이, 또래 아이들과 시시덕거리는 것보다는 우주를 구성하고 있는 물질에 더 관심을 보이고, 주변을 둘러싸고 있는 사물과 현상에 대해서 늘 호기심을 갖고 있는 한 과학 영재를 보았다. 어느 쪽이 진짜인지 헷갈릴 정도로 사진 속의 영우는 진지했다. 멋지구나. 남편은 아이의 머리를 쓰다듬었고 아이는 으쓱해하면서도 부끄러움을 탔다. 둘은 그 실험이 실직자 아버지가 온갖 공을 들여 겨우 만들어낸 인위적 작품이 아니라 실험을 좋아하는 아들이 방학 내내 성실히 노력한 끝에 얻어낸 결과물인 것처럼 서로를 전혀 의심하지 않았고 순수하게 기쁨을 나눴다.

이 바나나 실험의 조작과 성공은 남편을 어딘가 다른 곳으로 데리고 간 것 같다. 음울하고 무기력한 동굴에서 그를 끄집어내어 꽤 먼 과거의 그로 되돌려놓았다. 남편은 이제 내가 그를 처음 만난 이십대 후반처럼 의욕적이었고—그러나 그때와는 조금 다른 뭔가가 분명 있었다. 뭐랄까. 지나치게 커피를 많이 마신 사람처럼 늘상 살짝 흥분해 있었다―회사를 그만두었다고 내게 통보를 했을 당시의 여유와 자신감을 되찾은 것으로도 보였다.

면접관에게도 그런 자신감이 전달되었을 것이다. 최종적으로 남은 두서너 명의 후보군 중에 그를 선택하는 것이 크게 어려운 일은 아니었을 것이다. 그는 첫 직장을 얻을 때도, 지금은 그만둔 마지막 직장을 얻었을 때에도 모든 조건이 남보다 우수한데도 불구하고 늘 알 수 없는 이유로 퇴짜를 맞곤 했는데 이번에는 정확하게 바로 그 지점이 보완된 것으로 보였다. 세월이 흐르고 이제 그는 딱히 유리한 조건, 두드러지게 이목을 끌 만한 조건이 없었지만, 근거를 알 수 없는 자신감 때문에, 알 수 없는 좋은 기운이 느껴진다는 그 이유로 발탁된 것이다.

합격 통지서를 받은 남편은 정장을 꺼내 세탁소에 맡기고 새 구두를 샀다. 시사주간지와 영화 매거진을 정독하고 유행하는 가수의 노래를 들으며 아침마다 크랜베리 시리얼에 우유를 부어 먹고 러닝 머신을 달렸다. 그가 욕실에서 노래를 부르며 땀에 젖은 몸을 찬물로 씻어내고 난 뒤 젖은 머리카락을 드라이어로 말리는 소리에, 팬이 뜨겁게 달구어지면서 회전하는 굉음에 잠에서 깨면 남편은 뒤를 돌아 나를 보면서, 깨워서 미안하다는 의미로, 그러나 정말로 미안해하는 것 같지는 않은 꽤나 경쾌한 미소를 보낸다. 퇴근할 때 그의 목에는 조금의 흐트러짐도 없이 타이가 단정하게 매여 있고 손에는 회사 근처의 유명한 베이커리에서 산 고급 파이가 들려 있다. 그는 당당하게—당연했다. 이제 그는 단 하나의 핸디에서 벗어났기 때문에 더 이상 무능력자도 실직자도 아니었으며 집 밖에 나가는 것을 두려워할 이유가 없었으니까—소파를 차지하고 앉아 자기가 사 가지고 온 간식을 내가 맛있게 먹는 걸 보고 싶어 했다. 나는 그것을 먹고, 그는 내가 먹는 걸 보면서 자신의 일과를 떠들어댄다. 오늘 계약한 손님은 놀라울 정도로 오랫동안 불평을 늘어놓았지만 결국 그 불평이 자기를 발전하게 한다고 말한다.

"이 일엔 끝이라는 게 없고 나는 그게 마음에 들어. 만약에 끝이 있다면 그건 상대방, 그러니까 고객들 말이야, 그들의 얼굴에 한 줄기 미소가 떠오를 때지. 정말로 확실하게 만족했다는 미소. 그런 건 모두가 알아볼 수 있어. 아침마다 해가 떠오르는 거랑 마찬가지라고. 아주 명명백백한 상황이지. 그런 상황을 맞는 것이 난 몹시 즐거워."

인터폰 화면을 통해 현관문을 사이에 두고 나와 마주 보고 있는 것이 남편이라는 것을 확인한 뒤에 나는 누구세요? 라고 물었다. 아무 예감도 거리낄 만한 일도 없는 평소와 같은 아침이었고 남편은 방금 전에 출근을 한 터였다. 빠른 리듬의 콧노래를 부르며 평소보다 부산스럽게 출근 준비를 하는가 싶더니 아마 뭔가를 두고 간 모양이었다. 집을 떠난 지 5분도 지나지 않은 시각이었다. 나는 문을 열어주기 위해 현관으로 향하다 아무 생각 없이 고개를 돌려 현관 입구에 놓인 재활용 쓰레기통을 향해 흘끗 시선을 던진다. 그리고 어떤 광고 전단지 하나가 유난히 비죽이 튀어나와 있는 것을 본다. 그것은 대수로울 것이 없는, 누군가의 집 현관문에 붙어 있다가 읽히는 일이 거의 없이 쓰레기통에 버려지는 광고 전단지일 뿐이었다. 하지만 나는 그것을 집어 들었다. 그리고 그것은 대수로운 일이 되었다.

전단지에 프린트된 글귀를 읽어 내려가는 나의 얼굴이 사색이 된다. 얼굴이 화끈거리고 귀가 따끔거린다. 거기에는 남편이 내게 한 얘기들이 모조리 활자화되어 있었다. 남편이 새로 취업했다고 말한 회사의 이름이, 그가 맡게 되었다고 한 업무의 내용이, 심지어는 사무실의 위치와 내부 배치도가. 왼쪽 하단에 그려진 약도에는 남편이 간식을 사 오는 유명 베이커리까지 인쇄되어 있었다. 남편이 내게 말한 모든 이야기들이 지난달에 우리 집 현관문에 붙어 있다가 재활용쓰레기통으로 던져진 이 전단지의 광고 내용과 정확히 똑같았다. 퇴근 후 내게 들려준 남편의 불만과 의기양양함과 다짐들이 마치 그의 입에서 나오는 이야기를 그대로 받아 적은 듯 고스란히 적혀 있었던 것이다.

종이에는 이렇게 써 있었다.

'당신이 해야 할 일은 그저 우리에게 당신이 살고 있는 집에 대해서 불평을 늘어놓는 것입니다. 그리고 리존이 하는 일은 그 불평을 듣는 일입니다. 리존은 당신의 불평을 감사히 여깁니다. 그 불평이 리존이 무얼 해야 할지 알려주고 발전하게 하니까요. 당신의 얼굴에 미소가 떠오를 때까지 리존의 서비스는 계속됩니다. 불평이 멈출 때가 아니라 미소가 떠오를 때까지요. 그건 아침에 해가 떠오르는 걸 볼 때처럼 우리를 기쁘게 하죠.'

그 아래에는 리존의 대표이사 이름이 적혀 있었고 그 옆에는 괄호가 쳐져 있었고 괄호 안에 38이라고 써 있었다. 나는 그 남자를 본 적이 없었지만 단번에 얼굴을 떠올릴 수가 있었다. 그 남자는 내 머릿속에서 남편처럼 환히 웃고 있었고 남편처럼 혈색이 좋았고 남편처럼 의욕적이었다. 그는 아침 일찍 일어나 시리얼을 먹고 러닝 머신을 달릴 것처럼 생겼고, 귀가할 때는 근처의 맛집에서 간식을 싸 가지고 와서 부인에게 건넬 것 같았다. 그는 매주 업데이트되는 시사와 연예 정보를 꿰고 있으며 드라이어로 젖은 머리를 말리다가 아내를 깨우면 미소를 보낸다. 그러나 그는 내 남편이 아니었다. 내 남편이 아니라 내 남편이 연기를 한 대본의 모델, 남편이 내게 새로 입사했다

고 말한 주식회사 리존의 창업자인 실존 인물이었다.

초인종이 한 번 더 울리고 유리 구멍을 통해 남편의 얼굴이 보인다. 나는 현관문을 사이에 두고 서 있는 남편을 향해 누구세요, 라고 묻는다. 어떤 낯선 이의 침입을 받은 집주인의 놀란 말투로, 누구세요, 라고.

다른 사람들이 보기에 그건 분명 얼빠진 짓이었을 것이다. 현관 앞에 서 있는 것은 분명 남편이었으니까. 하지만 내 입에서는 누구세요, 라는 말이 너무도 자연스럽게, 언젠가 어둠속에서 웅크린 남편을 거실에서 발견한 그날 밤처럼 흘러나왔다. 그날과 다른 점이 있었다면 이번에는 상황이 바뀌었다는 것, 놀람과 두려움에 차 있는 이가 나고 남편은 그날의 나와 같이 나긋나긋하고 부드러운 목소리로 내게 대답했다는 점이다.

"나라고, 여보. 문 열어."

나는 겨우 팔을 움직여 문고리를 붙들었지만 손에 힘이 빠져서 미끄러지고 만다. 현관문 앞에 서 있는 것이 남편이라는 것을 알지만 그는 이제 더 이상 내가 아는 남편이 아니다. 그는 나에게 거짓을 말하고 천연덕스러운 연기로 나를 속였다. 매일 아침마다 그가 집을 나서서 어디에 가는지 들어야 했지만 지금 당장은 아니었다. 나는 뒤로 한 발 물러섰다.

남편의 메일에 접속해서 서류 합격 통보 메일을 휴지통에 넣고 삭제 버튼을 누른 것은 아마 남편이 바나나에 대고 사랑을 고백한 그날이었을 것이다. 처음에 나는 내 행동이 단지 실험 정도에 그칠 것이라고 대수롭지 않게 생각했던 것 같다. 두 번째 메일, 그리고 세 번째 메일을 삭제한 것에 대해서는 스스로도 납득할 만한 설명을 할 수 없다. 내가 왜 그랬을까. 이런 저런 이유를 대 설명하려 해보지만 사람들이 자신이 하는 일을, 자기가 왜 그러는지를 언제나 정확하게 알고 있는 것은 아니니까. 사람들이 자신에 대해 하는 말들이란 대개 듣지 않은 것만 못한 경우가 훨씬 더 많았다. 물론 타인에 대해 하는 말은 그보다 더 끔찍했지만.

나는 다시 한번 삼촌을 떠올렸다. 그토록 아름다웠던 그가 살인자가 되었다는 이야기를. 삼촌은 이른 아침 출근하기 위해 버스 정류장에 서 있는 한 여성에게 달려들었다. 초봄이었고 지나가는 사람들 두서넛이 근처에 서 있었지만 너무 순식간에 일어난 일이었다. 그들이 보기에는 뭔가가 갑자기 튀어나와 여자의 등 뒤에 잠시 들러붙었다 떨어져 나갔을 뿐이었다. 구석에서 튀어나온 것이 칼을 쥔 성인 남자라는 것을 인식한 뒤에는 이미 때가 늦었다. 여자의 등은 축축해져 있었고 그는 자기가 무슨 일을 당했는지 알지 못한 채 무릎이 꺾여 넘어졌다. 너무 많이 피를 흘려서 도로 위에까지 페인트를 부어야 했다고 했다. 나는 그 장면을 직접 본 일이 없지만 하도 많이 생각해서 이제는 그 일을 직접 본 것처럼 생생하게 기억하고 있다.

하지만 나는 그 이야기를 도저히 믿을 수가 없었다.

입

아침에 일어나 세수를 하다가 거울을 봤을 때 소스라치게 놀랐어. 내 얼굴이 뭔가 이상해져 있었어. 내 입이 있어야 할 자리에 다른 사람의 입이 있었어. 내 입술은 얇고 가늘고 연한 분홍색인데 그 입은 꼬리가 살짝 올라간 짙은 자주색이었어. 아랫입술이 두툼하고 주름이 많고 입술 끄트머리에 작은 점이 있었고.

그 입이 누구의 것인지 난 대번에 알 수 있었지. 그 입은 A의 것이었어. 내 직장 상사이자 가해자, 소송 중인 사건의 피고인. 난 비명을 질렀어. 소리를 지르려고 했지만 입술은 떨어지지 않았어.

너도 좋아서 한 일을 나에게 죄다 뒤집어씌우고 멀쩡할 수 있을 것 같아? 네까짓 게 나를 이렇게 몰아세우다니. 넌 내가 어떤 사람인지 잘 알면서 어리석은 짓을 했어. 사람들은 내가 한 일은 잊어도 네가 당한 일은 잊지 않을걸. 나의 고통은 잠깐 이지만 너의 고통은 영원할걸. 넌 이제 미래가 없어. 어디에도 갈 수 없고, 어디서도 일할 수 없고, 다른 누군가를 만날 수도 없을······.

손으로 입을 막자 목소리는 겨우 사라졌어.

낮에는 활동가인 E를 만났어. 그녀와 만난 지는 한 달밖에 되지 않았지만 내가 마음을 터놓고 이야기를 나눌 수 있는 감사한 분이야. 난 얼굴을 들 수 없었고 그러자 그녀가 내게 무슨 일이냐고 물었지. 난 대답하는 대신 메모지에 글을 썼어. A가 나타났어요. 어디에요? E가 되물었어. 입에요! 여기 내 입이 그의 입이에요. 그런데 대체 누가 내 말을 믿을 수 있겠어요? 내 말을 믿어 주겠어요?

E가 내게 대답했어. 내가요. 내가 당신을 믿어요. 당신 말을

믿고 있어요. 당신이 입을 잃었다는 걸요. 법은 당신에게 일관된 진술을 요구하지만 그건 불가능한 일이에요. 혼란 속에 있는 사람의 증언은 비일관적일 수밖에 없고 그게 당신의 진실이에요. 당신은 의사를 표현할 수 없는 상황에 있었고 단 한 번도 거짓을 말한 적 없어요.

그 순간 A의 입이 있던 자리에 내 입이 되돌아왔어.

나는 두려워도 웃어야 했어요. 거부하지 않은 게 아니라 그럴 수 없었어요. 도망치지 않은 게 아니라 도망칠 곳이 없었어요.

다음 날 눈을 떴을 때 나는 오른손이 붙어 있어야 할 자리에 A의 손이 들러붙어 있는 걸 보았어. 온몸이 얼어붙은 듯 꼼짝하지 못했어. 정신을 겨우 차릴 수 있었던 건 되돌아온 입처럼 오른손도 다시 돌아올 거라는 믿음 때문이었어. 만약에 누군가 내 말을 믿어준다면.

그날 내가 써야 할 진술서는 전혀 쓰지 못했어. 내게는 오른손이 없었으니까.

그 대신 오른손은 내가 능력이 없어 회사에서 더 버티기 어려웠고, 외모를 이용해 진급하려고 했고, A와 연인 관계로 지

내다가 그가 헤어지자고 하자 앙심을 품었던 거라고 썼어. 나 때문에 A를 잃는다면 그건 회사의 큰 손실이라고도 오른손은 썼어. 이제 거짓말을 그만두고 회사를 떠나고 싶다고. 나는 파닥거리는 오른손을 주머니에 겨우 찔러 넣고 트위터에 접속해서 왼손으로 겨우겨우 한 글자씩 버튼을 눌렀어.

A가 나타났어요. 내 손이 그의 것이 되었어요!

자기도 나와 같은 일을 겪었기 때문에 내가 무슨 말을 하는지 알 수 있다는 멘션이 달렸어. 순간 A의 손이 떨어져 나갔고 내 오른손이 되돌아왔어. 나는 A의 오른손이 쓴 거짓 진술서를 삭제하고 내 오른손으로 진실이 담긴 진술서를 새로 작성해 변호사에게 보낼 수 있었어.

그다음에 내게 일어난 일은 다리가 사라진 일이야. 내 다리 대신에 A의 것이 붙어 있었지. 몸의 반절을 A가 차지해버리다니 정말 끔찍한 일이었지만, 난 용기를 내서 새로운 사이즈의 신발을 구입했어.

이 신발을 신고 내 말을 믿어줄 어떤 사람을 만날 때까지 견딜 거야. 절반만 나인 몸을 이끌고 내일은 3심 판결이 있는 재

판장에서 최후진술을 할 거야. 입술이 돌아오고 오른손이 다시 내게 돌아온 것처럼, 나는 거기서 두 다리를, 온전한 나 자신을 되찾게 될 거라고 굳게 믿고 있어.

모든 것들이
너무 가까이에 있다

스웨터

빨래인 줄 알았어요. 누군가 베란다에 널어놓은 옷가지가 바람에 날려 화단에 떨어진 모양이라고요.

멀찌감치서 꽃 더미처럼 흩뜨려진 붉은색을 봤을 때 나는 그게 누가 널어놓은 빨래라고 생각했어요. 바람이 불었나 하늘을 올려다봤지만 하늘을 보고서 바람이 불었는지를 알 도리가 없지요. 아마도 불지 않았을 거라고 멋대로 단정 지었습니다. 정수리 꼭대기에 떠오른 해가 쨍한 볕을 내리쏘고 있었고 구름도 한 점 없이 주위는 아주 고요했습니다. 하늘은 무서울 정도로 파랬고 정수리가 슬슬 뜨거워지기 시작하더니 어느덧 콧잔등에 작은 열매가 영글듯 동그랗게 땀방울이 맺혔습니다. 너무 환한 날씨는 오히려 기분을 불쾌하게 만들더군요.

사방에서 색들이, 아파트 건물 벽에 페인트칠한 연두색이며 검은 콘크리트 바닥을 가로지르는 노란 안전선이며 경비실 입구에 세워놓은 원뿔 모양의 주황색 표지판 같은 것들이 당장 내 쪽으로 달려들 것처럼 강한 빛을 발했습니다. 자극에 눈을 계속 뜨고 있을 수 없을 정도여서 잠시 그 자리에 멈춰 선 채 눈을 감았습니다.

눈을 감았다 다시 뜨자 다른 색들이 모두 사라지고 가을의 황갈색 잔디 위에 환하게 피어 있는 그 붉은빛이 홀로 빛났습니다. 그 색깔, 붉은빛이요. 나는 그 색을 알고 있었어요. 집 안에서 실내조명을 통해서만 보아온 그 색이 대낮에 자연광 아래서, 강한 볕을 받고서 마음껏 자신을 발산하고 있었고 그래서 잠시 그 빛깔을 못 알아봤던 겁니다.

금세 다시 눈이 시려왔고 나는 다시 눈을 감은 채 주차장 한가운데에 한참 동안 그렇게 서 있었습니다.

남편은 그 색깔이 영 마음에 들지 않는다고 했어요.

붉은색이 너무 진하니까 촌스럽다고 생각했나봐요. 그런 말을 밖으로 내뱉는 성격은 아니었지만 그이 표정만 봐도 알 수 있었지요. '당장 그걸 벗었으면 좋겠는데'라는 속엣말을 얼굴만 보고도 읽을 수 있었다고요. 남편과 나는 서른에 만나 연애를 시작했고 남편이 해외에 출장 가 있던 5년을—2008년부터 2012년까지 남편은 라오스에 파견되어 한국 지부의 개발 담당 부서에서 일했어요—제한다고 해도 25년간이나 거의 붙어 있다시피 한 거나 마찬가지니까, 그 정도로 오랜 시간을 가까이 지내다보면 상대방이 굳이 소리를 내어 말하지 않아도 무슨 생각을 하고 있는지 정도는 서로 알 수가 있답니다.

아직도 기억나요. 내가 스웨터를 입고 있는 걸 처음 봤을 때의 그 사람 얼굴이요. 사진으로 보관하고 있는 것처럼 아주 선명하게 떠올릴 수 있다고요. 남편의 표정이 너무 우스워서 난 그만 소리 내어 웃고 말았답니다. 알았다고 고개를 끄덕였어요. 무슨 생각을 하고 있는지 알았으니 이제 굳은 얼굴을 풀라고요. 남편의 마음에 들지 않는다면 굳이 그 옷을 입지 않아도 좋다고 생각했어요. 그래서 외출할 때는 물론이고, 집에 있다고 해도 남편이 쉬는 날에는 스웨터를 입지 않았습니다. 혼자 있을 때나 근처 슈퍼에 찬거리를 사러 나갈 때 걸치는 용도로 가끔 꺼내 입을 뿐이었어요. 처음에는요. 시간이 지나니까 남편도 익숙해진 모양인지 별다른 신경을 쓰지 않는 것 같아서 저도 거리낌 없이 꺼내 입었습니다. 자주 입는 옷은 아니었고요.

특별히 의미가 있는 옷도 아니었고 아끼는 것도 아니었으니까 나는 이래도 저래도 별 상관없다고 생각했습니다.

아, 그가 그렇게 말한 것은 아니었어요. 하지만 그게 바로 그의 생각이었다고요.

화단에 떨어져 있는 게 그 스웨터였습니다.

뒷덜미에 고인 땀이 뒷목을 타고 주르르 미끄러져 내렸습니다. 화단을 향해 가려고 발을 들었는데 물속을 걷는 것마냥 몸

164

이 마음대로 움직여주지를 않았습니다. 주변에 사람들이 하나도 없었기 때문에 정말로 내가 휘적거리며 느리게 움직이고 있는 건지 그런 느낌만 들 뿐 평소와 같은 속도로 걷고 있는지 확인할 도리가 없었지요. 주변에 움직이는 것이라고는 나뿐이었으니까요. 마치 세상은 멈춰버렸는데 혼자 살아남은 이처럼 안간힘을 다해 필사적으로 걸었습니다. 발에 무거운 것을 달아놓은 것처럼 쉽게 움직이질 않아서 겨우 힘겹게 한쪽 다리를 들어 올리고 나면 시꺼먼 시멘트 바닥 위로 남의 발인 양 툭 떨어졌어요. 채 1분도 걸리지 않을 가까운 거리였는데 몇십 분 동안 걷고 있는 심정이었습니다.

가까이 갈수록 그 붉은색은 조금씩 선명해졌는데, 붉은색, 그 짙고 환한 붉은색, 그것은 꽃이 무리지어 피어 있는 것이 아니었고, 처음에 내가 생각한 것처럼 누군가 베란다에 널어놓았던 빨래가 아니었고, 그다음에 내가 알아본 것처럼 그저 내 스웨터의 색깔과 같은 색의 다른 옷가지가 아니라, 바로 내 스웨터였습니다.

어떤 남자가 내 옷을 입고 잔디 위에 쓰러져 있었어요.

그날은 나보다 남편이 먼저 일어났고, 베란다에 있는 화분들에 물을 주느라고 거실을 오가는 소리를 잠결에 들었던 것을 기억합니다. 모노륨 바닥에 발바닥이 붙었다가 떨어지는 소리가 귀에 거슬려서 남편에게 살살 좀 다니라고 이른 뒤에 반대로 돌아누워 좀 더 잠을 청했지요. 베란다 문을 열어두었는지 쌀쌀한 바람이 들어왔습니다. 잠귀가 밝은 편이라 그이가 들락거리는 소리는 여전했고요.

다시 잠에서 깬 뒤에는 남편과 거실에 신문지를 깔고 나란히 앉아 무를 다듬었어요. 동치미를 담그려고요. 그때도 아직 해가 뜨기 전이었죠. 6시 반, 7시 즈음이었을까요? 그가 간밤에 비가 내리더라는 이야기를 했어요. 그게 무슨 대단한 뉴스거리인 듯 말입니다. 그것 말고요? 뭐, 늘상 하는 이야기들이죠. 다른 사람들이 나누는 이야기와 다를 것은 없었습니다. 남편과 나는 아침마다 꽤 오랜 시간 얘기를 나눕니다. 그건 화분에 물을 주는 것과 같이 매일매일 하는 일이고 거르지 않는 일이죠.

집을 나선 것은 한 20분 정도 뒤였습니다. 삭힌 고추를 넣을 면보를 분명히 사다놓았는데 찬장이며 싱크대 서랍을 아무리 뒤져보아도 어디에 두었는지 찾을 수가 없어서 슈퍼에 사러 갔지요. 현관문을 닫기 전에 힐끗 그를 봤는데 나와 눈이 마주치자 남편은 평소답지 않은 장난스러운 미소를 보냈습니다. 마치 거실에 남편과 나 말고 다른 이가 더 있고 그를 놀래줄 생각으로 어떤 계획을 세우고 있다는, 그리고 내가 그 일의 공모자라는 듯한, 그런 표정이었어요. 나는 싱거운 사람이라는 생각을 하면서 현관문을 닫고 나왔어요.

그때 왜냐고 물을 걸 그랬나 하고 이제 와서 생각해보지만, 아니에요, 다시 그때로 돌아간다고 해도 아마 묻지 않았을 겁니다. 남편과 나 사이에서 그런 물음이 자취를 감춘 것은 꽤 오래된 일이었습니다. 우리는 아주 일상적인 대화만을 나누었습니다. 그런 단순한 대화를 통해서도 서로의 깊은 속마음을 짐작하고도 남았기 때문입니다.

하지만 어떤 순간에는 그런 대화가 필요했는지도 모르겠습니다. 충분히 짐작하고 있더라도 그 마음을 입 밖으로 꺼내 전달하는 일 또한 몸짓이나 표정을 통해 생각을 알아채는 것만큼이나 중요한 일이겠지요. 남편과 나는 그 부분을 간과하고 있었는지도 모르겠습니다.

사내가 잔디 위에 쓰러져 있는 것보다 그가 내 옷을 입고 있다는 사실에 더 놀랐어요.

내가 좀 전까지 입고 있던 바로 그 옷이었으니까요. 슈퍼에 가려고 집을 나설 때 식탁 의자 등받이에 걸어두고 나온 것이 바로 생각났습니다. 그걸 왜 저 남자가 입고 있나. 이게 대체 무슨 일인가. 순식간에 머릿속이 복잡해지고 말았습니다.

웬 모르는 남자가 내 옷을 입고 내 집 앞 화단에 엎어져 죽어 있다니 저로서는 환장할 노릇이었지요. 내 옷을 다른 남자가 입고 있으니 사람들은 필시 나와 이 남자가 어떤 관련이 있다고 여기지 않겠어요? 제일 처음에 든 생각은 그거였습니다. 나를 모르는 이야 당연히 그렇게 생각하겠지만 그건 나를 아는 가까운 사람들 역시 마찬가지겠지요. 그다음에는 남편이 생각났습니다. 남편 또한 꼼짝없이 나를 오해하겠구나, 이 남자가 내가 자기 몰래 정을 통하고 지내던 다른 남자라고 여기지 않겠나, 하고 나는 생각했습니다.

신고를 했어야 한다는 걸 알고 있었지만 그땐 제정신이 아니었으니까 이게 대체 무슨 일인가, 또 저 남자는 누군가, 누군데 무슨 억하심정으로 내 옷을 입고 죽었는가, 그런 생각만으로 머리가 터져버릴 지경이었습니다. 사내가 살아 있을지 모를 가능성을 생각하고 응급처치를 한다든가, 구급차를 부른다든가, 당장에 경찰에 신고하는 일 같은 것은 전혀 떠올릴 수가 없었습니다. 완전히 겁에 질려 있었는걸요.

나야 사람을 죽이는 일 같은 것은 꿈에도 상상할 수 없는 심약한 사람입니다만 나를 모르는 이들에게 그걸 어떻게 증명할 수 있나요. 이 세상에는 어딘가에 눈이 뒤집혀 타인의 목숨을 앗아가는 일이 또 종종 일어나니 다른 사람들이 나를 그렇게 생각지 않으리란 법이 없지 않겠습니까. 지은 죄가 없으면 당당해야 한다고 배웠지만 죄지은 것이 없는 이들이 억울한 일을 당하는 것을 너무 많이 보아왔으니까요. 난 너무 무서웠고, 그래서 당연히 그래야 할, 그렇게 했다면 좋았을 절차 같은 것들에 대해서는 완전히 손을 놓아버리고 말았던 겁니다.

그래서 그 사람을 그냥 두고 도망을 치게 된 겁니다.

네?

…….

그 이야기를 하면 오해를 받을 수도 있다고 생각했기 때문에요.

아니요,
그렇지 않습니다.

그 점에 대해서는 전혀 몰랐습니다.

그랬다면 당장에 경찰을 불렀겠지요. 당시에 저는 오로지 스웨터를 벗겨야 한다는 생각밖에는 하지 못했어요. 그걸 가지고 집으로 돌아가서 장롱 속에, 그게 원래 있어야 하는 자리에 넣어야 한다는 생각만을요.

스웨터가 쉽게 벗겨지지 않았어요.

마음이 너무 급해서인지 아니면 죽은 사람의 옷은 원래 그렇게 벗기기 어려운 건지 모르지만 아무래도 되질 않았어요. 신축성이 있는 소재인 데다가 앞에는 단추가 달려 있어서 입고 벗기기 불편한 옷이 아니었는데도 벗겨지질 않았습니다. 억지로 옷을 잡아당겨 벗긴 후 겨우 집에 돌아왔을 때는 온몸이 땀으로 젖어 있었습니다.

스웨터는 완전히 엉망이 되었고요.

나더러 그 사람을 설명하라고 하는 것은 어려운 일입니다. 남편을 너무 많이 봤기 때문에 그래요. 너무 많이 봐서 그 사람의 모든 것이 너무 자연스럽다고 느껴지는 거죠. 그 사람에 대해서는 아무것도 보이지 않을 정도로요.

심지어는 누가 보더라도 깜짝 놀랄 만큼 이상한 점조차 별 것 아닌 것으로 느껴지는 겁니다. 어느 날에는 그가 정말 끔찍한 짓을 한 적이 있었지요. 말도 안 되는 짓이었어요. 차에 돌을 던졌다는 이유로 사내아이에게 호통을 치는 걸 봤을 때 나는 그게 정말 내 남편인지 눈을 의심했습니다. 남편은 화를 참지 못하고 그 작은 아이의 두 귀를 잡아당겼어요. 차라리 뺨을 때렸다면 그 일을 받아들일 수 있었을지도 모르겠지만 남편은 그 아이의 귀를 잡아당기더란 말입니다. 귀를 잡아당기다가 그래도 화가 풀리지 않자 이번에는 양쪽 귀를 두 손으로 잡고 그 애를 들어 올렸어요. 아이가 작은 데다 앙상하게 마른 체형이었기에 망정이지 거기서 이삼 킬로그램이라도 체중이 더 나갔다면 아마 귀가 찢어졌을지도 몰라요. 가끔 그렇게 꼭지가 확 돌아서 사리 분별을 못하는 사람처럼 굴 때도 있었죠. 그게 남편이 아니라 내가 모르는 사람이었다면, 만약에 낯선 사람이 그런 짓을 했다면 손가락질을 하고 상종하려 들지 않았을 거예요.

하지만 남편이잖아요. 낯선 사람이 불쾌한 소리를 내면 혐오
스럽지만 아는 사람이 그러면 실감이 덜한 것처럼, 그가 어떤
짓을 했을 때 나는 가끔 그 일이 얼마나 나쁜 일인지를 구분할
수 없다고 느꼈어요.

근데 다들 그렇지 않나요?

다들 자기 남편이 정말로 나쁜 짓을 하는 걸 본 적이 있잖아
요. 그래도 그 나쁜 일에 대해서 아주 곰곰이 생각하지는 않는
겁니다. 그렇게 곰곰이 생각하다간 어떤 결말이 일어날지 알고
있으니까 그 일을 잊는 쪽을 택하게 되죠.

이 이야길 들으시면 오해를 하실 겁니다. 하지만 나는 남편
이 이상하거나 끔찍한 사람이었다는 말을 하고 싶었던 것이
아니에요. 그는 법이 없어도 살 거라는 칭찬을 종종 들을 정도
로 선량한 축에 들었고 특히나 저에게는 자상하고 세심한 데
가 있는 사람이었죠. 다만 나는 내가 그 사람을 너무 많이 봤다
는 걸, 어떤 이인지 구별하지 못할 정도로 너무 오래 봤다는 걸
말씀드리는 겁니다.

그에 대해서라면 나는 어떤 판단을 내릴 수 없습니다. 말씀드렸다시피 남편이 어느 날 아무 이유도 없이 히죽 웃는 걸 봤을 때 나는 내 모든 기억을 되짚어 그 웃음의 이유를 정확히 찾아낼 수 있었고 그가 뭘 하든 그 모습은 내게 자연스러워 보였습니다. 우리 사이에서 이상한 일은 아무것도 일어나지 않는다는 뜻입니다. 그 얘기를 하고 싶었어요.

집에 돌아왔는데 남편이 없었어요.

남편이 집에 없었는데 나는 그게 딱히 이상한 일이라는 생각이 들지 않았고 자연스럽게 받아들였습니다. 다만 급작스럽게 잠이 쏟아졌고 나는 그대로 거실에 드러누워 아주 깊고 달콤한 잠을 잤어요. 나는 약간의 불면증을 앓고 있어서 좀처럼 잠에 들기가 어렵고 작은 소리에도 곧잘 깨곤 했는데 그때 그 잠은 아주 필사적이었습니다. 필사적으로 잠이 나에게 달려들었고 나는 그걸 도저히 거부할 수 없었어요.

어떤 무력감이라고 할까요, 하지만 동시에 굉장히 편안하다고 느낀 것도 사실이에요. 그렇게 깊이 잠든 것은 몇 년 만에 처음 있는 일이었습니다. 깊은 낮잠 뒤에 나는 베란다로 걸어갔습니다. 거기 서서 화단을 내려다봤어요. 방금 전까지 사내가 누워 있던 자리에는 이제 아무것도 없었습니다. 내가 꿈을 꾼 것이 아닌가 하는 생각이 들 정도로 아무 흔적도 발견할 수 없었어요.

한눈에 들어오는 마을의 정경을 내려다보며 남편을 찾기 시작했어요. 그가 아주 멀리 가진 않았을 테니 이 높은 곳에서 내려다보고 있으면 어디쯤에 있는지 한눈에 알아볼 자신이 있었습니다. 아무리 멀리 있다고 해도 나는 남편을 알아볼 수 있답니다. 목소리만 듣고서도 내게서 얼마큼 떨어져 있는지 알 수 있었으니까요.

가끔은 그가 뭘 생각하고 있는지도 맞혔는걸요. 서로 생각으로 대화를 나눈 일도 있다는 이야길 이미 했었지요?

우리 부부는 함께 다니면 남매냐는 이야기를 들을 정도로 닮은꼴이었어요. 처음에는 그 정도가 아니었는데, 세월이 지나면서 성격도 외모도 점점 더 비슷해져서는 웃는 표정이나 말투 같은 게 아니더라도 그저 가만히 있어도 아주 닮아 보인다는 얘길 아주 많이 들었어요. 그는 남자치고는 키가 큰 편이 아니고 나는 여자치고는 덩치가 있는 편이어서, 그리고 내가 실제로 그보다 사오 센티미터 정도는 작았는데도 키를 재려고 등을 맞대고 있는 상황이 아니라면 신체 사이즈마저 비슷해 보였던 겁니다. 남편은 곱슬머리를 어깨까지 기르고 있었기 때문에 내 파마머리와 비슷했고요.

자세히 보면 전혀 아닙니다. 이목구비나 체형 같은 것은 완전히 달랐어요. 그래서 또 어떤 사람들은 우릴 전혀 닮게 보지 않았지요. 사람들마다 외형을 구별하는 감식안의 기준이 전혀 달라서 어떤 부류의 사람들에게는 남편과 내가 거의 비슷해 보이는 모양이었지만 대개의 경우 우리 두 사람이 닮았다고 하는 것은 분위기나 이미지였지 실제 형상은 아니었습니다.

바이올리니스트

장은 공연장 앞 카페에서 초코칩이 든 귀리 비스킷과 오렌지주스를 마시고 난 뒤 가벼운 마음으로 입장했다. 클래식 공연에 가는 것은 정신의 사우나와 같아서, 장의 마음은 일요일 아침 목욕탕에 가는 것처럼 가벼웠다.

장은 티켓을 확인하는 직원의 단정함을 사랑했다. 지정된 좌석이 있다는 것도 좋았다. 번호가 적힌 네모난 종이를 들고 같은 숫자가 써 있는 좌석에 앉는 행위가 마음에 들었다. 과하지는 않지만 멋스럽고 단정하게 꾸민 사람들의 정중함이 좋았고, 무대와 객석이 멀리 떨어져 있다는 것도 마음을 안정시켜주었다.

공연장의 높은 천장, 천장에 새겨진 조각들과 정중앙에 달린 거대한 샹들리에, 바닥에 깔린 붉은 카펫의 부드러운 감촉 같은 것들도. 왠지 구차한 삶이 한순간 세련되고 고급스러워진 것 같은 착각에 잠시 마음이 놓였다.

오늘은 한 시간 반 공연이었다. 쉬는 시간은 15분. 연주 시간도 그렇지만 쉬는 시간에 음료수를 하나 사 들고 로비에 앉아 사람들을 구경하는 시간도 사랑했다. 로비에는 둥그런 가죽 소파가 세 개씩 일렬로 놓여 있었는데 장은 혹시나 하는 마음에—커플이 앉을 수 있도록—가운데가 아니라 가장자리 쪽에 앉으며 스스로의 배려심에 대해 흡족해했다. 그 옆에 커플이 앉는 일은 별로 없었다. 커플들은 대개 난간에 가까운 자리에 서 있었다. 어쩌면 그런 사람들, 그러니까 쉬는 시간에 소파가 아니라 유리 난간을 선택하는 것이 연애의 속성에 가깝다고도 생각했다. 그는 유리 난간 쪽으로 가까이 갈 생각이 전혀 없었고 그런데도 늘 연애를 하고 싶다고 생각했고 그런데도 소개팅이나 맞선의 제안을 거절하면서 자연스러운 만남을 꿈꿨다.

쉬는 시간에 자기 옆자리에 앉아서 혼자 음료를 홀짝이는 자기 같은 사람을 언젠가 만날 수 있을 거라고 말이다.

장의 옆자리는 아이들이나 노인들의 차지였는데도 장은 늘 앉을 때 커플을 위해! 라고 속으로 되뇌었다. 아이들이나 노인이 앉는다고 해서 실망스럽지는 않았다. 장은 사실 그 시간들을 즐기고 있었다. 장은 외롭지 않았다. 이렇게 많은 사람들이, 다른 층 관람객까지 포함하면 수백 명의 사람들과 함께였는걸, 뭐.

연주가 시작되고 바이올리니스트가 입장했을 때, 장은 자기가 표를 잘못 예약했다는 걸 알았다. 장은 교향악을 좋아했는데 무대에 오른 것은 독주자 바이올리니스트였다. 흰 셔츠에 검은 연미복을 입은 삼십대의 남성은 장과 나이가 비슷해 보였다. 그가 고개를 숙여 인사하자 깔끔하게 빗어 올린 앞머리가 조금 흘러내렸다. 어깨와 턱 사이에 바이올린이 끼워지고 네 개의 현 위에 활이 놓였다. 그가 집게손가락에 힘을 주는 걸 장은 느낄 수 있을 것 같았다. 독주도 나쁘지 않아. 특히 활을 켜는 사이사이 바이올리니스트의 깊은 숨소리를 듣는 것은 엄

청난 일이지. 장은 눈을 감고 등받이에 몸을 기댔다.

장은 화들짝 놀라 눈을 떴다. 여우 울음소리가 귓속을 파고
들었던 것이다. 황급히 주위를 둘러보았으나 관람석은 고요했
다. 모두 무대 위의 바이올리니스트를 향해 눈빛을 반짝이고
있었다. 장은 자기를 놀라게 한 그 소리가 그들에게는 들리지
않는다는 걸 알 수 있었다.

장은 무대를 바라보았다. 바이올리니스트가 켠 활이 움직일
때마다 그의 귀에 동물의 울음소리가 들리는 건 분명했다. 그
짐승이 여우가 아닐 수도 있었다. 늑대이거나 장이 이름을 모
르는 야생동물일 수도 있었다. 동물의 모습은 보이지 않았지만
어딘가를 다친 것이 분명했다. 비명에 가까운 울음소리에 장의
마음은 점점 더 요동쳤다. 장은 어떻게 해야 할지 몰랐다. 자기
귀에 동물의 비명 소리가 들리는 것은 분명했고, 그리고 그 소
리를 혼자 듣고 있다는 것도 분명했고, 그 소리를 더 이상 들을
수 없을 만큼 마음이 괴로워지고 있었다. 장은 종아리 한가운
데에 쐐기가 박혔다고 느꼈다. 물론 장의 다리는 멀쩡했다. 그
들의 눈에 말이다. 장의 눈에는 다리에 피가 흐르는 것, 상처가

곪아가고 있는 것, 파리 떼가 뒤덮고 있는 것이 보였다. 장은 너무 고통스러워서 더 앉아 있을 수 없었다.

장은 자리에서 일어나서, 피가 흐르는 다리로 우뚝 서서 무대를 향해 박수를 쳤다. 앙코르를 외치며 박수를 쳤다. 곡이 아직 끝나지 않았는데도. 안내 요원이 달려와 장을 제지했고 말을 듣지 않자 장을 끌고 나왔다.

장이 끌려 나간 빈 좌석에 빛깔이 고운 담비 코트가 놓였다. 장의 옆자리에 앉은 여인은 장이 계속 꼬물락거리면서 거친 숨소리를 내는 바람에 연주에 집중할 수 없어 짜증스러워진 터였는데, 그가 나가자 비로소 어깨에 긴장을 풀고 본격적으로 실연을 즐길 수 있었다.

그와 세상과의
적정 거리는 5미터다

그를 둘러싼 모든 것들이 너무 가까이에 있었다. 장난기 많은 어른들이 어린 그의 얼굴에 까칠한 수염을 부빌 때처럼 늘 제대로 숨쉬기가 어려웠다. 시장에서 사과 다섯 알을 봉지에 담아 건네던 상점 주인의 얼굴에는 그가 정신을 차릴 수 없을 정도로 많은 곡선들이 있었다. 저녁 내내 어른거리던 그 얼굴은 급기야는 꿈속에 나타났다. 영화관에 가려고 버스를 탔을 때 옆자리에 앉은 남자의 트레이닝복에 새겨진 마크는 그 형태가 그의 마음을 온통 사로잡았다. 그는 완전히 충족되었기 때문에 영화를 보러 갈 필요가 없어졌다. 면접을 보러 갔을 때는 같은 줄 끄트머리에 서 있는 지원자가 신고 있는 붉은색 가죽 구두 때문에 면접관의 마음을 사기 위해 외워왔던 그럴듯한 문장들을 깡그리 잊어버렸다.

그는 자주 매혹되었다. 그건 때로 비율이었고 때로는 색상이었으며 그보다 더 자주 어떤 모양이었다. 물을 마시고 난 뒤 컵에 남아 있는 물방울의 무늬나 늘어진 커튼에서 조용히 흘러내리는 주름의 각도를 그는 사랑했다. 다리를 떠는 사람들은 질색이었는데 시야에 그 움직임이 들어오는 순간 시선을 빼앗겨 아무것도 할 수 없었기 때문이다.

세상은 기절할 정도로 가까이 있었으므로 그는 아무것에도 가까이 갈 수 없었다. 친구들과도 두서너 마디 이상은 나누기 어려웠다. 두 마디까지는 어떻게 노력해보더라도 세 마디 이상 나누면 포화 상태가 되어버렸다. 애인은 당연히 없었다.

어느 날 그는 어떤 남자가 허공에 손을 흔들고 있는 걸 보았다. 맞은편에 아무도 없는데도 그 남자는 코앞에 사랑히는 이를 마주하고 있다는 듯 행복하게 미소 짓고 있었다. 그는 시선을 더 멀리 던져 5미터쯤 떨어진 곳에서 한 여인이 손을 흔들고 있는 걸 발견했다.

"우린 둘 다 사람과 가까이 있질 못해요. 난 냄새를 너무 진하게 맡고 아내는 촉각에 지나치게 예민합니다. 가까이 가는 순간 우리한텐 거의 지진과 같은 일이 일어나는 거죠."

그는 남자에게 무리를 주지 않기 위해 발걸음을 서서히 죽이며 멀어졌다. 그리고 5미터 정도 뒤로 물러나 외쳤다.

"고마워요! 난 당신에게 한 수 배웠습니다."

남자가 엄지와 검지손가락을 맞대 오케이 사인을 보냈다.

그는 여전히 많은 것들에 매혹된다. 이제 그것은 어떤 모양도 소리도, 색깔도 아니다. 그것은 때로 어떤 사물이고 때로는 어떤 풍경이며 종종 어떤 다른 사람이다. 전과 달라진 점이 있다면 코에 검은 선글라스를 걸치고 있다는 점이다. 인사를 하거나 과일을 사는 일이 전보다 훨씬 수월해졌고 진한 색깔의 구두나 그를 흥분시킬 만큼 멋진 마크가 달린 옷을 입은 사람들을 무심히 지나칠 수도 있다. 무심해질 수 있었으므로 그만

큼 가까이 갈 수도 있었다.

푸른 하늘을 가로지른 비행기구름이 선명하게 남아 있던 어느 봄날의 산책길, 그는 콧등에 흘러내린 선글라스를 치켜올리다가 5미터쯤 떨어진 곳에서 귀마개를 끼고 있는 어떤 사람을 발견한다. 그는 그 사람이 자신의 좋은 친구가 될 거라고 예감한다. 그리고 천천히 그에게 다가가 속삭인다.

"이봐요, 저기, 저, 그러니까, 당신은 어떤 소리를 제대로 듣기 위해서 귀를 막고 있는 겁니까?"

K씨가 도망간다

K씨인지 몰랐다. 처음 눈에 띈 것은 신호등 건너편에 서 있는 미니스커트 차림의 아가씨였다. 그 옆에 사십대 중반의 뚱뚱한 사내가 책을 대여섯 권쯤 가슴에 안고 있었고, 신호가 바뀌자 뒤뚱거리며 걷기 시작했다. 미니스커트 아가씨와 출발점은 같았으나 어느새 한두 걸음 뒤처지기 시작하더니 이내 간격이 벌어졌다. 그런데 그 뚱보가 가까이 올수록 낯익은 얼굴로 변해가는 것이 아닌가. 살이 쪄서 턱선이 둥그스름해지고, 볼살이 처지고, 얼굴빛은 누래가지고 눈가에는 거무스름하게 다크서클이 자리 잡았지만, 그는 분명 K씨였다.

그는 나를 보자마자 그대로 멈춰 섰다. 순간 다리에 힘이 풀렸는지 발을 접질리며 기우뚱했다. 둔한 몸이 오른쪽으로 기울며 양손으로 받치고 있던 책들이 바닥에 우르르 쏟아졌다. 그는 허리와 무릎을 굽혀 어정쩡한 자세로 책을 줍기 시작했다. 코밑에 땀방울이 송송 맺히고 목 뒤 셔츠 깃은 축축하게 젖어 있었다. 땀에 젖은 와이셔츠가 등에 달라붙어 속에 입은 러닝셔츠의 파란 줄무늬가 비쳤다. 그는 고개를 들어 정면으로 나를 한번 쳐다본 뒤에, 숨을 크게 들이쉬고 침을 꿀꺽 삼키더니 그대로 뒤를 돌아 뛰기 시작했다.

나는 그를 위협하지도 않았고 쫓아가지도 않았지만 그 모습은 분명히 도망치는 것처럼 보였다. 살찐 궁둥이가 좌우로 뒤뚱였다. 허벅지를 움직일 때마다 허리에 붙은 군살이 출렁거렸다. 거구의 몸집이 시야에서 점점 멀어지다가 어느새 엄지손가락만 해져서는 골목으로 사라졌다.

나는 주위를 두리번거렸다. 직사광선이 내리쬐어 그림자는 선명하고 공기는 따뜻하고 달콤했다. 봄이라 온통 꽃 천지였다. 담벼락 너머에서 라일락 향기가 은은히 풍겨왔다. 그를 도망치게 할 만한 것이라곤 없었다. 그는 대체 무엇을 보고 그렇게 황급히 달아난 것일까? 고개를 갸웃거리며 한참 동안 주변을 이리저리 돌아보았다. 화창한 봄날, 이 거리와 어울리지 않는 것은 오직 나 하나뿐이었다.

겸연쩍어져서 코를 킁킁거리며 K씨가 바닥에 떨어뜨리고 간 책을 주워 들었다. 표지를 넘기자 첫 장에 시립도서관의 도장이 찍혀 있었다. K씨의 입장이 참 난감하겠다 싶었다.

책을 돌려주어야 한다고 생각했기 때문에 나는 사흘 후에 시립도서관을 찾아갔다. 도서관 앞 벤치에는 몇몇 사내들이 담배를 피우고 있었다. 대다수가 내 나이 또래로, 이 시간에 도서관에 있다니 어울리지 않았다. 무언가를 준비해야 할 시기는 이미 한참 지난 나이인 것이다. 그들 모두가 어딘가 K씨를 닮았다고 생각하며 엘리베이터를 타고 4층의 자료실로 올라갔다. 이마 한가운데 사마귀가 난 사서가 허름한 점퍼를 입은 남자와 싸우고 있었다. 나는 지하 식당으로 내려가 컵라면을 먹고, 5층의 흡연실에서 담배를 한 대 피우고는 다시 자료실로 내려왔다. 나는 겨드랑이 사이에 끼웠던 책을 돌돌 말아 손에 쥐고 반납대를 향해 걸었다. 책을 테이블 위에 올려놓는 순간이었다. 누군가 나를 바라보는 시선을 느꼈다. 자료실에는 모두 열댓 개의 책장이 늘어서 있었는데 시선을 느낀 건 다섯째와 여섯째 책장 사이에서였다. 나는 책을 다시 집어 들고, 그쪽을 향해 걸어갔다. 책장 옆으로 남색 트레이닝복 팔꿈치가 슬쩍 보였다. 흔해빠진 트레이닝복을 걸친 흔해빠진 팔꿈치였는데도 그가 K씨라는 확신이 들었다. 나는 걸음을 좀 더 빨리했다. 동시에 팔꿈치가 사라졌다.

책장 앞에 다다랐을 때 다시, 벽과 책장 사이의 좁은 틈을 빠져나가는 한 남자의 발을 보았다. 검은 고무창을 댄 흰색 스니커즈를 신은 K씨의 왼발이었다. 나는 자석에 이끌리듯 그의 뒤를 쫓았다.

이번에는 도서관 진열대에 꽂힌 책들 사이로 K씨의 정수리를 보았다. 머리카락은 듬성듬성 빠지고 이발할 때가 지나 보였다. K씨의 턱, K씨의 무릎, K씨의 옆구리를 보았다. 턱에는 덥수룩하게 수염이 나 있었다. 트레이닝 바지의 무릎 부분은 튀어나왔고 점퍼 주머니는 담뱃갑 크기의 직사각 모양으로 불룩 솟아 있었다.

　지금 나는 K씨와 책장 하나를 사이에 두고 마주 보고 있다. 책장 사이를 이리저리 도망가고 또 뒤쫓느라 둘 다 숨이 가쁘다. K씨의 가슴이 급하게 부풀어 올랐다가 후욱, 소리와 함께 가라앉는다. 나의 심장박동 소리와 같은 간격으로 그의 가슴팍이 움직이고 있다. 고개를 조금만 아래로 숙이거나 발꿈치를 들고 위로 쳐들면 그의 얼굴을 볼 수도 있을 것이다.

　그러나 그래서는 안 될 것 같았다. 나는 책장에 꽂혀 있는 책을 몇 권 뽑아 좁은 통로를 만들었다. 그리고 그 사이로 가져온 책을 밀어 넣었다. 거무스름하고 거친 손등, 마디가 굵은 손가락 다섯 개가 책장 건너편에서 불쑥 튀어나왔다. K씨는 책을 잡아들자마자 급하게 몸을 돌렸다. 도서관 바닥을 스치는 발소리가 귓가에 울렸다. K씨는 며칠 전 건널목에서 그랬던 것처럼 황급히 사라져버렸다.

　나는 어쩐지 아주 몹쓸 인간이 된 기분이었다. 목과 어깨, 다리에 힘이 쭉 빠졌다. 종아리에 몸을 받치고 쪼그리고 있다가 바닥에 엉덩이를 깔고 철퍼덕 주저앉고 말았다. 도서관의 시멘트 바닥은 몹시 차가웠다. 엉덩이의 감각이 마비될 때쯤, 학생 하나가 자리를 좀 비켜달라고 정중하게 양해를 구하는 바람에 어쩔 수 없이 몸을 일으켜야 했다.

이후로는 K씨를 만나지 못했다. 그가 왜 도망을 갔는지에 대하여 오랫동안 생각해봤지만 도통 알 길이 없다. 그 일에 대해 생각에 생각을 거듭하다보니 이제는 내가 마주친 사람이 K씨가 맞는지조차 헛갈린다. 삼사 년쯤 전부터 시력이 급격하게 떨어져, 거리를 돌아다니다보면 온통 아는 사람 얼굴인 것이다.

어떤 날에는 이렇게 생각하기도 한다. K씨에게 뭔가 심각하게 불행한 일이 생겨서 인간이 다가오는 것이 두려워진 것인지도 모른다고. 인간들 틈새에서 자신을 숨기는 부류들이 점점 늘어가고 있는 추세이니 이것도 나름대로 그럴듯한 설명이 된다. 그렇지 않고서야 아무래도 나를 피할 이유가 없다.

그런데 요즘에는 이런 생각이 든다. 내가 뭔가 K씨에게 나쁜 일을 저지른 게 분명하다는. 그리고 아무리 생각해봐도 이 세 번째 생각이 가장 유력하다.

그래서 나는 가끔 허공에 대고 K씨에게 허리를 굽혀 인사한다.

"미안합니다, K씨" 하고.

술 한잔했습니까

'술 한잔했습니까?'

사람들이 내게 그 질문을 시작한 지 벌써 보름이 훌쩍 넘었다. 그것은 내 코에 올라온 붉은 기운, 반점 모양의 불그레한 자국 때문이었다. 어째서 그런 자국이 생겼는지는 나도 모르겠다. 어느 날 아침에 세수를 하다가 거울을 보는데 마치 술을 잔뜩 먹고 해독을 하지 못한 주정뱅이처럼 코 한가운데가 붉게 달아올라 있었던 것이다. 피부가 올라온 것도 아니어서 벌레에 물린 것도 아닌 모양으로 도통 그 이유를 알 수가 없었다. 어차피 내 얼굴을 내가 보는 것이 아니니까 별로 신경이 쓰이지 않았는데 사람들을 만날 때마다—그들은 계속 내 얼굴을 봐야 했으니까 신경이 쓰였나보다—술을 마셨는지 질문을 받아야 했다.

처음에 그렇게 물어봐주는 이들에게 고마워하기까지 했으나 만나는 이마다 그렇게 물으니 나로서도 짜증이 나기 시작해서 이제는 사람을 만나는 즉시 술을 먹은 것도 아닌데 코가 이 모양으로……라고 얼버무리며 인사를 하기도 전에 내 상황을 떠벌리기 시작했다.

당시에 내 코끝은 붉게, 마치 취한 사람마냥 약간 부풀어 올라 있었고, 나는 그게 일종의 숙취 같은 것, 여독 같은 것이라고 생각해왔다. 그러니까 지난밤에 잠을 자는 동안 피로가 풀리지 않아 붉게 돋아 오른 것이라고 말이다.

그러나 사람들이 술 한잔했습니까? 라고 묻는 데에도 독이 일어 그렇게 묻는 이의 표정에서 묘한 악의를 발견하게 된 것이 문제의 근원이었다. 술이라도 한잔했습니까? 라고 묻는 사람들이 나를 골려줄 생각으로 그렇게 묻는다고 여겼던 것이다. 술이라도 한잔했습니까? 라는 말이 내 안색이 아주 좋질 않다

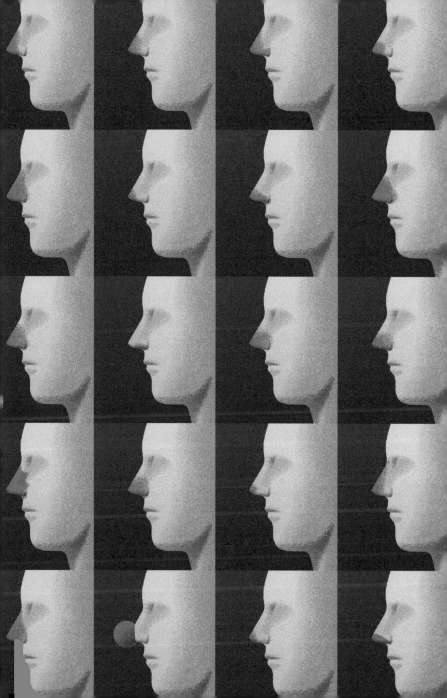

는 말로. 혹은 내 정신이 해이해져서 놀림감이 되기에 적당하다는 뜻으로 해석되었던 것이다. 벌건 대낮에 내가 술이나 마시고 헛소리나 하는 한심한 인간으로 뵈는가 싶어 몹시 불쾌했다.

그러다가 나중에는 그 말이 너 한번 내 손에 죽어볼 테냐? 라는 말로 들려서 나는 길거리에서 싸움을 벌인 일까지 있었다. 상대방은 내 건강을 걱정했을 뿐이었으나 나에게는 그의 얼굴 근육들이 움직이는 모양이 아주 느리게 보이면서 그 일그러진 모양이 나를 협박하고 있다고, 나를 건드리고 있다고, 나를, 어서 주먹을 날려서 나와 한판을 붙어보자고 충동질한다고 느꼈던 것이다. 나는 참지 못하고 그의 얼굴을 향해, 정확하게 표현한다면 더 이상 듣고 싶지 않은데 또 듣게 된 그 구절을 향해서 주먹을 날렸던 것이다. 다행히 주먹은 빗맞았지만 영문을 모른 채 린치를 당한 그가 내게 다시 달려들면서 우리는 한데 엉켜 한참 주먹질을 한 뒤에 서로를 풀어주었다.

코의 붉은 자국은 어느 날 내가 모르는 이유로 사라졌고 이제 내게 '술 한잔하셨습니까?'라는 질문은 다시 '술 한잔하셨습니까?'로 들린다.

어떤 이에게 계속해서 '솔' 음만을 반복해서 들려준다면, 그게 계속 솔 음으로 들릴까? 당시의 나는 솔 음만을 반복해서 들은 셈이었는데 그 단 하나의 음, 그 음의 반복은 어떤 화려한 음계의 연주보다도 다채로웠다.